いつか㋮のつく夕暮れに！

喬林　知

12779

角川ビーンズ文庫

いつかマのつく夕暮れに！

いつかマのつく
夕暮れに！
ヨザック
【グリエ・ヨザック】
コンラッドの幼なじみ
にして戦友。
任務の名目で
女装もたしなむ。
コンラッド
【ウェラー卿コンラート】
前魔王の次男で、
ユーリの名付親。
軽やかな性格と
柔軟な思考を
併せもつ好青年。
ユーリ
【渋谷有利】
正義感と負けん気が
人一倍つよい高校生。
このたびめでたく
第27代魔王に
就任。主人公。
Tomo Takabayashi
illust. Temari Matsumoto

登場人物紹介
ギュンター
【フォンクライスト卿
ギュンター】
王佐、つまり魔王の
教育係として
ユーリに仕える貴族。
最近、愛が暴走気味。
ヴォルフラム
【フォンビーレフェルト卿
ヴォルフラム】
前魔王の三男。
ひょんなことから
ユーリの婚約者に。
グウェンダル
【フォンヴォルテール卿
グウェンダル】
前魔王の長男。
趣味・あみぐるみ。
冷徹な皮肉屋。
村田　健
通称・ムラケン。
ユーリの友人。
ごく普通の眼鏡くん
と思いきや意外と
奥が深い。

本文イラスト／松本テマリ

ほら、こうやって右手を伸《の》ばしてみるでしょ？

そうすると夕方の空気の温度で、今どの辺りに太陽があるかが判《わか》るのよ。

ほら、ね？　人差し指の先に温かい光を感じる。こうすれば目が見えなくても夕焼けを感じるの。

目が見えないからって、この世になにもないと絶望してるわけじゃないのよ。あらゆるものが、音や手触《てざわ》りや暖かさっていう、「色」以外の感覚で存在するの。

声や吐息《といき》や雰囲気《ふんいき》で、相手の気持ちもちゃんと判るのよ。今どんな顔でどんなことを考えてるか、心に触《ふ》れるみたいに判るのよ。だからそんなに困ることはないし、自分を不幸だと嘆《なげ》いたこともない。足りないのはほんの少しだけだから。

でもねえ、一度だけ見てみたいものがあるの。

空ってどんな色をしてるのかしら。

陽《ひ》が昇《のぼ》るときは春先の花びらの薄《うす》さで、昼間の空が私の瞳《ひとみ》と同じだって本当？　夕暮れは熟した果実が落ちていくようだって、あの人が言ってたのは本当なの？

1

馬車路《みち》。

それはドイツでいえばアウトバーン、日本でいえば関越《かんえつ》自動車道、お袋《ふくろ》の大好きな松任谷由《まつとうやゆ》実《み》にいわせれば中央フリーウェイだ。でも競馬場は見えない。

つまりあらゆる馬車が快適に、しかも高速で走れるように整備された道だ。一定の間隔《かんかく》でサービスエリアらしき地点が設けられており、休憩《きゅうけい》をとったり、急ぎの場合は元気な馬に乗りかえることもできる。常にトップスピードを保てるわけだ。

その便利な交通設備を、おれたちを乗せた馬車は全速力で突《つ》っ走っていた。

舗装《ほそう》の行き届いた路面のおかげで揺《ゆ》れも少なく、四日連続で乗り続けてもケツの痛みも最低限で済む。首を巡《めぐ》らせば「世界の車窓から」でしか見ないような風景、向かい合った座席にはプラチナブロンドの美女。車中泊《はく》が中心とはいえ、なかなかに快適な旅だった。

ただ一つ、自分が捕虜《ほりょ》だという点を除けば。

クルーソー大佐《たいさ》とおれの逃亡《とうぼう》を恐《おそ》れたフリン・ギルビットは、クッションの効いた席の両《りょう》脇《わき》をマッチョな部下で固めてしまった。ラインダンス宜《よろ》しく両腕《りょううで》を組まれた様子は、遠目に見ればNASAに連行される宇宙人みたいだろう。

名付けてマッスルシートベルト。

ボンズとカブレラに挟《はさ》まれていると思えば心も弾《はず》むが、片方がボブ・サップだったらと考えると、そりゃもう生きた心地《ここち》もしない。

お膝《ひざ》の上に乗っけてくれるという、マッスルチャイルドシートよりはましだけど。

シートベルト達は絶対にこちらを向かない。二日ばかり風呂《ふろ》に入っていないせいだろうか。

「彼等はあなたが怖《こわ》いのよ」

フリン・ギルビットは覆面《ふくめん》を外し、婦人のままで優雅《ゆうが》に微笑《ほほえ》んだ。

領主であるノーマン・ギルビットへと変身するためのマスクは、膝の上で銀色に輝《かがや》いている。

「あなたの黒い髪《かみ》と、黒い瞳を恐れているのよクルーソー大佐」

彼女自身はそう感じていない口調で、おれの前髪に指を伸ばす。

「副官のロビンソンさんも片目が黒かったけど、翌朝には元どおりの青に戻《もど》っていた。あれはきっと偽物《にせもの》だったのね。あなたの眼とは輝きが違《ちが》うもの」

「村……ロビンちゃんのが頭がいいからだろ」

村田《むらた》・ロビンソン・健《けん》は、後ろの馬車だ。フリンは何故《なぜ》か、おれたちが一緒《いっしょ》にいるのを嫌《きら》った。

「いずれにしろ、私は美しいと思うわ。月もない闇夜《やみよ》と同じ色……財を投げ出しても手に入れたがる者もいるとか。こんな綺麗《きれい》な色なら、不老不死の妙薬《みようやく》というのも本当かもしれない」

どうやって食われるのかを想像したら、四川《しせん》の食材市場で売られているような気分になってしまった。小猿《こざる》とか子鹿《こじか》とか子ザザムシとかだ。

「ちぇ、よく言うよ。自分こそ綺麗な顔しちゃってさ。美人が他人を褒《ほ》めても嫌味《いやみ》なだけだって」

「あら、女を口説くのがお上手ね。でも、むしろ私が怖いのは、あなたの瞳よりもその石よ」

おれの胸にぶら下がる青い石に、彼女は細い指先を近付けた。

空より濃《こ》くて強い青に、触れようとしては思いとどまる。

「……なんだか恐ろしい力と、深い意味があるような気がしてならない。もちろん、ウィンコット家の紋章《もんしよう》を象《かたど》っているだけでも、カロリアの人間にとっては特別なのだけれど」

「アーダルベルトの言ってたことが本当なら、あんたたちは恩を仇《あだ》で返したわけだ。寝覚《ねざ》めが悪くて当然だし、家紋を見れば嫌な気分にもなるだろうね」

「誤解しないでね。ギルビット家はもっとずっと後にたてられたのよ。当時の首謀者《しゆぼうしや》達とは関係がないわ」

「じゃあ、なんで今さらウィンコットの末裔《まつえい》なんて探してたんだ？」

「それを知ったら逃《に》げようなんて考えを起こさずに、私達の計画に協力してくれるかしら？」

まるで午後のお茶でも飲んでいるみたいに、婦人は優雅に微笑んだ。プラチナブロンドが弱い日射《ひざ》しにきらめいて、流れた毛先が座席に触れる。空には薄い雲がかかり、冬を間近にひかえた陽光を遮《さえぎ》っていた。眞魔《しんま》国では春前の雨期だったのに、シマロン領は秋の終わりだ。ごくごく地球流にシンプルに考えると、緯度《いど》が正反対ということだろうか。思えば遠くへ北半球……駄洒落《だじゃれ》でも言わなきゃやってられないよ。

「それにしても、いやな空ね」

「どこが？　ただの薄曇《うすぐも》りにしか見えねーけど」

「地元の人間には判るものよ。地震《じしん》でも起きなければいいのだけれど」

やっと無難な話題が戻ってきた。初対面の相手とは、政治と宗教と野球の話をしてはいけない。特に少数派のパ・リーグファンは、自分の精神衛生上も野球の話題は避《さ》けるのが賢明《けんめい》だ。

その点、天気の話はいい。誰《だれ》も傷ついたりキレたりしない。

最初に対面した食卓《しょくたく》では、互《たが》いに喋《しゃべ》れないふりをしていた。

だが、いざ仮面を外し本来の彼女に戻ってみると、フリン・ギルビットは美しく、言葉も態度も堂々としていた。毅然《きぜん》としているのとは少し違う。声には甘い響《ひび》きもあり、眼《め》には狡猾《こうかつ》な光もある。それでも胸を張って見えるのは、自分の意志と信念で行動しているからだろう。夫の名を騙《かた》って領地を治めていたせいで、散々なことを言われていたが、意外とこういう人物こそ国のトップに相応《ふさわ》しいのかもしれない。

アニシナさんやツェリ様、ギュンターみたいな魔族《まぞく》の美形と比べると、人間の美人というのは方向が違う。あちらを天才芸術家の作品とすると、こっちは女優とかレースクィーン。スポーツ一筋のアスリートが、取材で来た女子アナやタレントに目を奪《うば》われちゃうのはままあることだ。おれの場合もまさしくそれで、かなり酷《ひど》い目に遭《あ》わされているのに、心の底からは憎《にく》めない。

なにしろ三日間も監禁《かんきん》され、絶食ダイエットを強《し》いられたのだ。これはきつい。しかも断食道場に閉じこもったわけでもなく、実に美味《うま》そうなフルコースを前にして、強固な意志で耐《た》えなければならなかった。

思えば監禁《かんきん》初日から、食糧問題は深刻だった。

二万七千匹《ひき》まで羊を数えれば、どうにか眠《ねむ》ることはできる。従って、夜のうちはいいのだが、朝になるとまた豪華《ごうか》なブレックファストが運ばれてくる。育ち盛《ざか》り食べ盛りの健康な胃腸は、エネルギーを求めてものすごい音を立てる。でもまたそれを疑いなく食べるわけにもいかず、お預け状態は夕食まで続く。

パブロフさんちの犬だって、こんなに我慢《がまん》はしなかったろう。空腹で地球が救えるなら、三回くらいは成功しているはず。

それというのも、おれがギュンターの言いつけを生真面目《きまじめ》に守っているからだ。

知らない人から貰《もら》った食物は、迂闊《うかつ》に口にしてはいけません。何故なら誰かおれに悪意を持つ者が、毒を盛る可能性があるからだそうだ。

信憑性《しんぴょうせい》を試《ため》そうとしたわけでもないが、とりあえず食べたふりをしようと、パンと肉を窓の外に放置してみた。

瞬《また》く間に目敏《めざと》い鳥が来て、何の迷いもなくついばんでしまった。

するとあら不思議！　ムギュという珍《めずら》しい鳴き声を発して、小鳥は窓枠《まどわく》に転がってしまったではないですか！　目は半開きで、だらしなく弛《ゆる》んだ嘴《くちばし》からは小さな舌までのぞいている。

これは大変だ、おれのつまらない実験のために、罪もない小さな命を奪ってしまったのか。ああ小鳥ちゃん君《きみ》を泣く、君死にたまふことなかれ、などと詠《うた》ってみたところでもう遅《おそ》い。失われた命は帰らないし、犯《おか》した罪も消し去れない。

「ああごめんなー、名も知らぬドブネズミ色……いやスタイリッシュグレーの美しい鳥さん。考えなしのおれを許してくれ。こうなったら残された家族のことは、おれの貯金で責任持って面倒《めんどう》を……あれ？」

数時間後、死んだと思った被害者《ひがいしゃ》はすっくと立ち上がり、以前にも増して力強い羽ばたきで飛び去っていった。寝不足が解消されたせいか、瞳《ひとみ》は生気に満ちあふれている。

盛られていたのは毒ではなく、単なる睡眠薬《すいみんやく》だったようだ。

だからといって遠慮《えんりょ》なくいただき、食っては眠らされ、目が覚めて食ってはまた眠らされるという、堕落《だらく》した生活を送るわけにはいかない。だいたいそれでは敵の思うつぼだ。向こうはクルーソー大佐なる人物が暴れないように、なるべく眠らせておきたいのだから。

そもそもおれが三日間の絶食という過激なダイエットを強いられることになったのは、自分の国から遠く離《はな》れた敵対勢力圏《けん》へと、ふっ飛ばされてしまったからだ。

ごく普通《ふつう》の背格好でごく普通の容姿、頭のレベルまで平均的な高校生だったおれ、渋谷有利《しぶやゆーり》原宿もうどうでもいい十六歳は、金融《きんゆう》相場で世界支配を目論《もくろ》む怪《あや》しい銀行に籍《せき》を置く親父《おやじ》と、いい加減に少女の心を忘れて欲しい、元フェンシング選手の母親の間に生まれ育った。

ところが洋式便器から流された異世界で告げられたのは、あまりにも衝撃《しょうげき》的すぎる事実。

おれさまは、魔王《まおう》だったのです。

泣く子も白目を剝《む》く魔王様だから、凶悪《きょうあく》な魔術も使える（らしい）し、敬愛される王様だから、困っちゃうほど美形な部下も多い。解決しなければならない問題は山積みだが、血の繫《つな》がりこそないとはいえ可愛《かわい》い娘《むすめ》もいて、血盟城《けつめいじょう》ライフはそれなりに楽しい。

そういう現実にも、もう慣れたはずだった。

そこに突然《とつぜん》つきつけられたのが、この数日間の恐《おそ》ろしい悲劇だ。

危機下の眞魔国に喚《よ》ばれたおれは、素性《すじょう》も知れない暗殺団に襲《おそ》われてフォンクライスト卿《きょう》とウェラー卿から引き離された。もちろん二人とも絶対に生きているだろうし、教育係に関しては、アニシナさんがいるので安心だ。

コンラッドだって左腕《ひだりうで》は斬《き》られたけれど……。

あの爆発《ばくはつ》と、聞こえるはずのない謝罪が甦《よみがえ》り、おれは強く両手を握《にぎ》った。

彼が一人で死ぬわけがない。欲しいときにはいつだって、手を貸してくれると約束したんだから。

その後、地球に戻《もど》る予定だったおれは海を越《こ》えた人間の土地に飛ばされていて、気付くと中二中三とクラスが一緒《いっしょ》だった日本の友人、村田までをも巻き込んでいた。

「……村田だ」

演歌歌手の物真似《ものまね》みたいに呟《つぶや》いて、空腹でふらつく両脚《りょうあし》で立ち上がる。そうだ、村田だよ。

マスク・ド・貴婦人ことフリン・ギルビットは、ここ、小シマロン領カロリア自治区を夫に成り代わって治める美女だったが、おれがウィンコット家の末裔だという作り話を信じ込んでしまい、おれと村田健を別々に監禁したのだ。フリンはとても美人だけれど、その分トゲも鋭《するど》く危険だ。

何にせよ、村田に関してはおれに責任がある。彼は未《いま》だに自分が地球にいると思っていて、地図にない国の領事館を探している。これ以上危険な目に遭わせるわけにはいかないし、あいつを守れるのもおれだけだ。

どうにかして居所を突《つ》き止めないと。

監禁生活も三日目を迎《むか》えると、当初のパニックはおさまって、周囲を見回す余裕《よゆう》も出てくる。

脱走《だっそう》計画は何通りも練ってみたが、いずれも成功の可能性は薄《うす》かった。窓は大きくて開閉自由だが、ベランダもバルコニーもない上に、部屋は地上五階くらいの場所にある。勇気を振《ふ》り絞《しぼ》ってレッツバンジーすれば、どうなるかは火を見るよりも明らかだ。

簡易ロープ作りにもチャレンジしたが、布目というのがよく判《わか》らないせいか、シーツは全然真《ま》っ直《す》ぐに裂《さ》けず、ツキノワグマの月みたいな布きればかりが増えていった。おれは野球しかしてこなかった人生を、ここにきて初めて反省した。

ミットとボールでできる脱出イリュージョンがあれば、誰よりも完璧《かんぺき》にやってみせるのだが。

結果として地獄《じごく》のバンジーも簡易ロープも試せないまま、地球計算での五十八時間が過ぎつつある。

昼近い日射しを全身に浴びながら、大きな窓をめいっぱい開けた。梯子《はしご》車が一台でも来てくれれば、すぐにでもここから出られるだろうに。

身の引き締《し》まるような冷たい風に乗って、知らない言語の歌が流れてくる。待てよ、この曲調には覚えがあるぞ？　以前、いやというほど聞かされた気が……。

「凱旋《がいせん》マーチ？」

ほんの数カ月ばかり前に、一生分の「アイーダ」を聞かされたばかりだ。

身を乗り出して目を凝《こ》らすと、六、七部屋は離れた先の窓辺で、友人が呑気《のんき》にオペラを歌っている。思い切ったイメチェンの結果、頭部は人工金髪《きんぱつ》だ。

ブルーのコンタクトレンズまで装着する念の入れようだが、効果の程《ほど》は定かではない。

「村田っ！」

どうにかしてサッカーファンの気をひこうと、おれは必死にツキノワグマ（の月）を振り回した。決死のタオルパフォーマンスだ。

「おーう、渋谷ーぁ」

眼鏡《めがね》を外したカラコンくんは、脳天気に大きく腕を回す。おうじゃないよ、おう、じゃ。

「元気ーィ？」

「なにすっとぼけたこと言ってんだよっ、いいか、今おれがそっち行くからなっ」

「んーでも」

彼は上から下まで壁《かべ》を眺《なが》め、出っ張りがないのを確認《かくにん》してから続けた。

「スパイダーマンでもなけりゃ無理だと思うよ？　しがみつこうにも手がかりがろくにないからさ、下手したら失敗ダーマンになっちゃったりして。はは……」

「寒い駄洒落《だじゃれ》で笑ってる場合か!?　とにかくっ」

青銅色の窓枠に両脚をかける。

「なんとかして気付かれないように脱出しないと！　このままじゃおれは餓死《がし》しちゃうよ！」

「だけど渋谷」

村田はギリギリまで身を乗り出す。

「そんな大声で言ってる段階で、既《すで》に秘密じゃなくなってると思うけど」

「そのとおりよ大佐」

いきなりベルトを摑《つか》まれた。

「どうして大人しいお客様でいてくれないのかしら。あなたに怪我《けが》でもされたら私……」

フリンは大袈裟《おおげさ》に眉《まゆ》を顰《ひそ》め、中年執事《しつじ》の後ろで肩《かた》をすくめた。ベイカー執事が掛《か》け声と共に引っ張ったので、窓から床《ゆか》へと戻されてしまう。

「二人が一緒にいなければ、魔術の心配はしなくて大丈夫《だいじょうぶ》だと安心していたのに。食事を拒否《きょひ》するばかりか、捨て身の脱出劇まで！　心身の限界に挑《いど》むなんて……軍人思想って本当に困りものね」

は？　軍人思想？　ああ、おれが大佐と名乗ってるからか。それにしても平和主義者の日本人をつかまえて、軍人扱《あつか》いとは失礼な。

「ベイカー、馬車の準備をしてちょうだい」

フリンは自分の細い指で、窓にきっちりと鍵《かぎ》をかけた。

「この様子では護衛団が到着《とうちゃく》するまで待てそうにないわ。一刻も早く本国にお連れするほうが、クルーソー大佐のためかもしれない。マキシーンに仮面の正体を知られた以上、いつ小シマロンから兵が押し寄せて、カロリアを奪《うば》おうとするか判らない」

民を治める「男」の領主が、いなくなったというだけで。

「奥方様、しかしそれでは……」

「ここに留《とど》まっているシマロン兵も足せば、それなりの数は確保できるでしょう。大規模で目立てば良いというものでもないし。平原組の出没《しゅつぼつ》地域だけ全速力で駆《か》け抜《ぬ》ければ、あとはそう用心しなくても済むはずです」

なんとか組って、ぼ、暴力団の待ち伏《ぶ》せがあるのでしょうか。

こうしておれたちは四台の馬車で「本国」に移送されることになり、マッスルシートベルトで固定されてしまった。

そして現在に至るまで、むさ苦しい野郎二人に挟まれているのだ。

そういえば乗り込むときにちらっと見ただけなのだが、村田がいやに嬉《うれ》しそうだと思ったら、あっちはアマゾネスシートベルトだった。

なんでだっ⁉

2

フォンヴォルテール卿《きょう》が扉《とびら》を開けると、部屋から薄紫《うすむらさき》の煙《けむり》が流れ出した。

作業台の前で容器を振っていたアニシナは、不吉《ふきつ》な泡《あわ》に気をとられていて、幼馴染《おさななじ》みの方など見ようともしない。

窓際《まどぎわ》に避難《ひなん》し、膝《ひざ》を抱《かか》えて硝子《ガラス》に寄り掛かっていた少女だけが、グウェンダルに反応して顔を上げた。

「ユーリみつかった？」

「いや」

「……そう」

再び両膝に顔を埋《う》めてしまう。両脇《りょうわき》で結《ゆ》われた巻毛まで、しょげかえったみたいに萎《しお》れている。もう夜も深いというのに、今晩もここで過ごすつもりだろうか。

「どうだ」

眞魔《しんま》国三大魔女の一人であり赤い悪魔の異名を持つ女性、そして密《ひそ》かに彼の編み物の師匠《ししょう》でもあるフォンカーベルニコフ卿アニシナは、やっと気付いたという様子で爆発《ばくはつ》寸前の瓶《びん》を置いた。

「そちらこそどうです？　いえ、答えなくても判ります。あなたのその眉間《みけん》の皺《しわ》を見ればね。陛下の行方《ゆくえ》は杳《よう》として知れず、捜索《そうさく》隊からの報告も芳《かんば》しくない、と」

「しかもあのわがままプーまでもが……いやそれはいい。フォンクライスト卿の件に進展はあったたか」

「まあ本人が、あのとおりですからね」

粉雪と氷の中に横たわる雪ギュンターは、股間《こかん》の雪ウサギともども白さを増していた。仮死状態というよりは、本物の死体に近い色だ。

一方、コンパクトサイズのおキクギュンターはというと、切り揃《そろ》えられた美しい黒髪《くろかみ》によく似合う、切れ長で一重《ひとえ》の目蓋《まぶた》をいっそう細めて、くわえ煙草《たばこ》で椅子《いす》に鎮座《ちんざ》していた。

遠い目をしている。

「やさぐれているな」

「そのようですね」

「……グレタは、あまり寝《ね》ていないだろう」

「そういえば」

アニシナにかかると、実験以外のことは殆《ほとん》どが「そういえば」だ。この場に末弟がいれば良かったのだが、と、すっかり親気取りだったヴォルフラムの姿を思い出す。

そのフォンビーレフェルト卿ヴォルフラムも、勝手に姿を消して七日になる。

「父親が行方不明では、眠《ねむ》る気にもなれんか」

「そういうときにはこれです!」

「う」

アニシナが勢いよく振《ふ》り返ると、燃える赤毛がピシリと鳴った。狙《ねら》い澄《す》ましたかのように、グウェンダルの顎《あご》を強く叩《たた》いた。

「わたくしの最新傑作《けっさく》。ねーるーねーるーこーどーもーぉ」

分厚い本の並ぶ背後の書棚《しょだな》から、少し薄《うす》めの冊子を取りだしている。とはいえフォンクライスト卿の日記帳ほどもある本は、子供用にしてはいささか重そうだ。

赤と紫の混ざり合った不気味な表紙には、おどろおどろしい文字でこう記されていた。

『毒女《どくおんな》アニシナと秘密の研究室』

「……ど、毒女……」

言われてみれば表紙の絵は、赤毛の女が長い髪で何人もの男の首を絞《し》めている場面だ。

著者本人は鼻息荒《あら》く、こちらに本を押しつけてくる。

「昨今の幼児達は不規則な生活のせいか、夜とはいえなかなか寝付かぬ様子。世の母親は子供を眠りにつかせるために、毎日神経をすり減らしています。町内会でハゲナマを決め、なぐごはいねがー、いうごどぎがねごはいねがーと各家庭を脅《おど》して回っても、子供なりに小賢《こざか》しい智《ち》

恵《え》を働かせ、正体を見破って騒《さわ》ぎ立てる始末。そんな状況《じようきよう》を憂《うれ》えるわたくしが、この国の母親達の労働を軽減するべく開発したのが、これ、『寝る寝る子供』なのです！」

「単なる長い絵本のよう……」

「絵本などとは笑止千万《しようしせんばん》！　見た目の単純さに隠《かく》された、百発百中完璧《かんぺき》な魔術効果。使い方も至極《しごく》簡単、枕元《まくらもと》でこれさえ読まれれば、どのような寝付きの悪い幼児でも必ずや数頁《ページ》で陥落《かんらく》すること保証付き、苦し紛《まぎ》れに寝台《しんだい》を叩いて、降参すること間違《まちが》いなし！　万が一効果がなかった場合は、十日以内なら返品も受け付けます」

ふと裏表紙に目をやると、商業出版物に義務づけられた書籍《しよせき》通し番号がついていない。

「ああそれは、出版されていないからですよ。もちろん眞魔国中央文学館から接触《せつしよく》はありましたが、よりによってこの素晴《すば》らしい傑作児童文学を、恐怖《きようふ》部門から発行したいなどと見当違いなことを言うものですからね。おあいにくさま、こちらは慈善《じぜん》事業でやっているのですっと一蹴《いつしゆう》してやりました。まったく、ますます目が離《はな》せない展開の第二弾《だん》が、いったいなぜ恐怖もの扱《あつか》いされなくてはならないのですか」

なるほど、折り返しの部分には第一弾の書名とあらすじ、更《さら》に続編紹介《しようかい》まで載《の》っている。

『毒女アニシナと患者《かんじや》の意志』……患者の意志より魔術の発展、実験実験また実験。鬼《おに》か悪魔か毒女アニシナ！

『毒女アニシナとあるカバンの修理』……危ない！　そのカバンの中には毒女アニシナが！

「……ビックリ魔族大集合のようだな」

なんだか切ない気分になってきた。

「さあ、それをグレタに読んでやれば、あの子も一発でコロリと眠ってしまいますよ。そうだ、あなたが朗読すれば効果も倍増のはずです。なにしろ声だけは無駄《むだ》に威厳《いげん》がありますからね。子供もきっと騙《だま》されるでしょう。またデンシャムが録音して商品化したいなどと言いだしそうな企画《きかく》ですが……とにかく、その低音で迫《せま》られたら、気弱な男の子など布団《ふとん》を被《かぶ》って動けなくなったきり、粗相《そそう》などするかもしれません！」

それは「寝る寝る子供」というよりも、「泣く子も黙《だま》る」ではなかろうか。

自信作の説明に熱弁を振るうアニシナに急《せ》かされ、絶対無敵の重低音、フォンヴォルテール卿グウェンダルは、最初の一文に目を通した。

墓場は、何者かに荒《あ》らされていた。

冒頭《ぼうとう》からしてエンギワルー。

青春真っ盛《さか》りの八十二歳は、この一年でかなり成長したと自負していた。婚約《こんやく》もしたし、義理の娘《むすめ》もできた。食わず嫌《ぎら》いも克服《こくふく》した。だが。

「ごっ、ごぇぇぇぇ……お、おぐぽふぅー」

船に弱いのは相変わらずだ。

「なんだかしばらくお会いしないうちに、吐《は》き方まで男らしくなってきましたね」

後ろでは戦場の天使、超《ちょう》一流治癒《ちゆ》者のギーゼラが、ゆっくりと背中をさすってくれている。言っていることは適当だが、手つきは優《やさ》しく慈悲《じひ》深い。

「男らしいって……おぷ……ぼくは昔からぷ、おとこらしうぷ」

「そうでしたっけ?」

ギーゼラに同行していた四人のうち二人は、早々に船室へと退散していた。頭部丸刈《まるが》りの中年兵士と、人相の悪い三白眼の男だけが、甲板《かんぱん》で遠巻きに見守っている。

「閣下ぁー、夕食の列には並ばなくてもいいですかー?」

「食べ物の話を、するなっぷ!」

「無理もないわ、ヴォルフラム閣下。貴族の皆《みな》さんはこういう船で旅をすることなどありませんものね」

魔王《まおう》陛下の命のかかる急ぎの旅に、乗り物など選んではいられなかった。観光用の豪華《ごうか》客船どころか、貨物船に毛が生えた程度の粗末《そまつ》さだ。それでも人々は文句も言わず、狭《せま》い船室に詰《つ》め込まれている。

食事は一日に二回、汁碗《しるわん》を持って長い列に並ぶ。薫製肉《くんせい》がつけばましなほうで、固い麵麭《パン》のみの日さえあった。

ヴォルフラムだって軍人としての教育は受けているし、水軍の訓練艇《てい》で何月も過ごしたこともある。だが今になって振り返ると、あれは十貴族の子弟として「預かられて」いたに過ぎなかった。厳しいと思っていた鍛錬《たんれん》も、恐《おそ》らく一般《いっぱん》兵とは要目自体が違っていたのだろう。実戦経験も多少はあるが、どれも苛烈《かれつ》とはいえない後方だった。

これまで自分はずっと上辺しか見ず、甘やかされ庇護《ひご》されてきたわけだ。

彼にとっての船旅といえば、夜ごとのきらびやかな晩餐《ばんさん》会だ。巨大魚《きょだい》に銛《もり》をうつ昼間の余興、賑《にぎ》やかな港に錨《いかり》を降ろし、荷役に運び出される色とりどりの豪華な箱、そんなものしか思い浮《う》かばない。

だが今、実際に海をゆく木造船には、多くの客がごく当たり前に乗っている。価値がありそうなのは初代船長の銅像くらいのもので、それだって沈没《ちんぼつ》時の錘《おもり》にしか役に立たない。つるぴかっとした頭部の触《さわ》り心地《ここち》は良かったが。

自分が特殊《とくしゅ》だっただけで、これが一般的な光景なのだ。

「部屋で少し横になりますか」

「……いい。あんな寝棚《ねたな》に転がっても、気分が良くなるとは思えない。まったく、皆よくあんな部屋で耐《た》えていられるものだ。牢獄《ろうごく》のほうがずっとまし……」

「もうしばらく我慢《がまん》していただかないと。わたしたちにとってはごく普通《ふつう》の旅なんですけど、閣下には向いていなかったかもしれません」

ギーゼラは弟でも諭《さと》すように、ヴォルフラムの背中を二回叩《たた》いた。口調に非難の色はない。

それでも彼は自分の言葉が恥《は》ずかしくなり、海面を見詰めたままで短く詫《わ》びる。

「すまなかった」

甘えを自覚したばかりなのに、またしても幼稚《ようち》なことを言っている。

「いいえ、戸惑《とまど》われるのももっともです。これまでご存知のなかった階級ですもの。余程のことがない限り、この隔《へだ》たりは越《こ》えられませんよ」

「だがあいつは、いつも『そちら側』に行こうとする」

「陛下のお話ですか？」

癒《いや》しの手の一族特有の、白い肌《はだ》が僅《わず》かに上気した。思慮《しりょ》深く静かな濃緑《のうりょく》の瞳《ひとみ》が、睫毛《まつげ》の奥で細くなった。

「陛下は素晴らしい。特別な御方《おかた》よ」

「ギーゼラもそう思うか？」

「ええ、わたしだけじゃない、皆そう思ってるわ。陛下は最高よ。あんな御方にはお会いしたことがない。誰《だれ》とも違っていて、でもどこかで必ず皆と同じ。民と同じ高さに立たれている。

を決してたのみにせず、かといって力の大きさに怯《ひる》みもしない……不思議な方」

下部《しもべ》であるわたしたち兵士や街の者も、対等の存在みたいに扱ってくださる。お生まれや地位
「そう、実に不思議で、変なやつだ」

「変だなんて、そんな」

空気の動きを感じて横を向くと、ギーゼラは今にも沈《しず》もうかという夕陽《ゆうひ》に向かって、右手を真っ直ぐに伸《の》ばしていた。指の先から肘《ひじ》を過ぎて頬《ほお》に至るまで、朱色《しゅいろ》の光に染まっている。

「……亡《な》くなられたフォンウィンコット卿《きょう》も、そうでした」

「スザナ・ジュリアのことか」

「ええ。ジュリアも、いいえスザナ・ジュリア様も、クライストの籍《せき》に入って間もないわたしに向かって、まるで昔からの友人みたいに言葉をかけてくれました。血にまみれて汚《よご》れた手を取って、気持ちのいい指ね、とおっしゃった……似ていると思いませんか？」

不意に訊《き》かれて、ヴォルフラムは一瞬《いっしゅん》だけ吐き気を忘れた。あまりに唐突《とうとつ》な質問だ。

「誰と？　ユーリとか？　さあ。ぼくはウィンコットの一門とは、あまり付き合いがなかったからな。コンラートなら返事もできるだろうが」

「そう……そうですよね。わたしも、何となくそんな気がしただけです。陛下は目がお見えになるし、お身体《からだ》もご健勝そうですもの。ただあまりに魔石がお似合いで、正統な持ち主のように感じたものですから」

「前々から気になっていたんだが……」

ここで彼女に尋《たず》ねていいものかと、フォンビーレフェルト卿は少しの間だけ逡巡《しゅんじゅん》した。けれど結局は好奇心《こうき》に負けて、長年の疑問を一気にまくし立ててしまう。

「スザナ・ジュリアは何故《なぜ》亡くなったんだ？　ああコンラートと少々謂《い》われがあったことや、予備役《えき》だったのに実戦にかかわった経緯《けいい》は聞いている。戦没した場所も救われた街の数も知っている、けれど……彼女の死因はなんだったんだ？　戦死とも撤退《てったい》中の事故とも言われている。火器の爆発《ばくはつ》に巻き込まれたとも。だが、実際に遺体を埋葬《まいそう》した者がいない以上、どれも確かとは言い難《がた》い。ギーゼラ、知っているか？　スザナ・ジュリアは何で死んだんだ？　彼女の心臓はどうして止まった？　いや、正直に訊く。本当に心臓は止まったのか？　彼女は本当に死んだのか？」

「どうしてそんなことを」

「……不安でならないんだ。ユーリに囁《ささや》きかける女の声が、彼女のものだとしたら。白のジュリアが生きていて、あのへなちょこが魔術《まじゅつ》を使うのに手を貸しているのだとしたら……いずれあいつも彼女自身のいる場所へと導かれてしまうんじゃないかと思って……」

ダカスコスではないほうの、三白眼の男がゆっくりと船室に入っていく。やけに長くて太い矢立を肩《かた》から提《さ》げて、片時も傍《そば》から離《はな》さない。妙《みょう》な男だ。弓は寝棚に放りだしたままなのにと、ギーゼラの返事を待つ間、ヴォルフラムは個人の奇妙な習慣を思って小さく笑った。

「フォンウィンコット卿スザナ・ジュリアは、確かに亡くなられています」

答えを聞いた瞬間に緊張《きんちょう》が解けた。途端《とたん》に、常軌《じょうき》を逸《いっ》した質問を後悔《こうかい》する。相手に謝るべきだろうか。

だがギーゼラは言葉を続けた。表情には苦痛も悲しみもない。ただ事実のみを淡々《たんたん》と語っているようだ。

「事故ではありませんよ。公《おおやけ》にはされていませんが、厳密にいえば戦死とも呼べないかもしれない。直接斬《き》られたわけでもなく、弓で射られたわけでもない。それどころか致命《ちめい》的な外傷は身体のどこにもありませんでした」

「だったら何故、遺体を埋葬した者がいない？　まさか眞魔国の兵ともあろう者達が、同胞《どうほう》の遺体を回収に向かわなかったわけではなかろうな」

「ご遺体には、わたしが火を放ちました」

何だと？

ヴォルフラムは甲板の手摺《てす》りを摑《つか》んだ。一度は自分の耳を疑う。

「フォンウィンコット卿スザナ・ジュリア閣下に同行していた副官は、わたしです。命じられてわたしが遂行《すいこう》しました。火葬にするしかありませんでした。ご存知のこととは思いますが、ウィンコットの一族の肉体は、亡骸《なきがら》といえど放置することはできません。その血を古来の手法で精製することで、稀少《きしょう》な毒を生み出すので」

「だからといって」

「彼女自身が望んだことです」

ギーゼラは一度目を閉じて俯《うつむ》いた。それから静かに顔を上げて、お話ししておくべきかもしれませんと言った。

「一部の者にしか報《しら》されていませんでしたが、閣下にもその権利がおありでしょう。あの人は、自ら死を選んだんです……いいえ、これはあまりいい言い方ではありませんね……でも、彼女は分かっていたはず。魔族に従う要素の少ない人間の土地で、強大な魔術をつかえばどうなるか。傷つき衰弱《すいじゃく》した身体と魂《たましい》で、限界を超《こ》えるほどの魔力をつかえばどうなるか。知っていて、それでも、するべきことをした。敵軍を食い止め、いくつかの村や街を守るために、躊躇《ためら》うことなく命を投げ出した。結果は……悲しいことに予想どおりでした。でもそのとき、わたしはジュリアと約束したんです」

母や自分とは対《つい》を成すような、深く濃《こ》く落ち着いた緑の瞳が、沈んでいく夕陽を映している。

「もう誰も、こんな死に方はさせないって」

思い出に浸《ひた》る時間も必要とせず、ギーゼラはすぐにこちらに顔を向けた。傷病者を癒す優《やさ》しい笑《え》みだ。

「陛下を取り戻《もど》しましょう、フォンビーレフェルト卿。あの方が見も知らぬ人間の土地で、無茶なことをなさらないうちに」

「ああ」

船が大きく揺《ゆ》れ、波が船縁《ふなべり》を強く叩いた。遠く南に陸が見える。

ちょうどこのくらいの沖合《おきあい》から、こっそりと救命艇《てい》で上陸したことがあった。四人の逃亡者《とうぼう》は白み始めた夜明けの海を、揺れる島の灯《ひ》めざして必死に漕《こ》いだものだ。居眠《いねむ》りしかけている自分に、ユーリは異世界での掛《か》け声を教えてくれた。

不意にその語呂《ごろ》のいい拍子《ひょうし》を思い出して、ヴォルフラムは甲板《かんぱん》に並ぶ道連れに訊《たず》ねた。

「小舟《こぶね》を漕ぐときの掛け声を知っているか？　ギーゼラ。こうやって」

引いて戻す身振《みぶ》りも交えてやる。

「ヒーヒーフー、ヒーヒーフーってやるんだ」

「まあ、閣下……それは出産のときの呼吸法よ」

「なにっ⁉」

プーの動きはフーで止まった。

3

負け惜《お》しみを言うと、逃《に》げようと思えばできないことはなかった。

性別が男である以上、マッスルシートベルトにだって弱点はあるし、彼等が必要以上に用心深く、ファールカップを装備しているとも思えない。ここはひとつグーで連中の股間《こかん》を潰《つぶ》し、隙《すき》をついて両腕《りょううで》を自由にする。そして時速約五十キロで疾走《しっそう》中の馬車から、タイミングを見計らって路肩《ろかた》にジャンプ！　八回転してすっくと立ち上がり、満場一致《いっち》の10・0！

痛そう。考えるだけで痛そう。

巴投《ともえな》げ連続五十回くらいのダメージを受ければ、おれ一人は脱出《だっしゅつ》可能かもしれない。命のあるなしは別として。だが問題は村田健だ。

すぐ後方を突《つ》っ走っている四頭立て馬車から、どうやって彼を救出するか。ていうか、道路に転げだしたら、おれはすぐに後続の乗り物に轢《ひ》かれるよな。いやその前に馬に蹴《け》られてアウトだよな。他人どころか自分の恋路《こいじ》さえ邪魔《じゃま》してないのに。

もっともらしい理由をつけて車を止めてから、扉《とびら》を蹴破って猛《もう》ダッシュというのはどうだろうか。そのためには先頭と最後尾《さいこうび》の二台は別として、少なくとも渋谷号と村田号は止めなければならない。あっちとこっちで同時にトイレ休憩《きゅうけい》をとらせるために、二人の心を一つに合わせるんだ！　おれは離れた場所にいる友に向かって、品のないテレパシーを試みた。

「立ち小便ナリー、ムラケンー、連れションナリー、ムラケンー」

両隣《りょうどなり》のマッスルがもじもじし始めた。あんたらじゃないって。

フリンがいきなりカーテンを閉める。

窓の外は収穫《しゅうかく》を終えた農地を過ぎて、果てない草原が広がっていた。とはいえ、植物は地を這《は》うようにしか生えていない。冬をひかえているからだ。

「速度を上げて」

やや緊張した面もちで御者《ぎょしゃ》に命じると、彼女は胸の前で腕を組んだ。眉間《みけん》に微《かす》かな皺《しわ》を寄せ、何事か考え込んでいる。

魔族実は似ている三兄弟の長男、グウェンダルがよくする表情だ。申し訳ないことだと思いつつも、国政は殆《ほとん》ど任せっきりだから、憂《うれ》えることも多いのだろう。

フリン・ギルビットも亡《な》き夫に成り代わって、必死で国を護《まも》っているに違《ちが》いない。膝《ひざ》の上に載《の》せられた覆面《ふくめん》のくたびれ具合が、それを雄弁に物語っている。

マッスルの一人が耳をそばだてた。さっきまでとは蹄《ひづめ》のリズムが変わっている。調和を乱す何かが加わったようだ。

「馬です！」

たちまち全員の顔色が変わった。

「平原組《へいげんぐみ》だわ！　もっと速く、速度を上げてちょうだい！」

「これ以上は、無理、でずっ」

部下は必死のモンキー乗りだが、馬車の御者席でそれは無意味だ。舌を噛《か》みそうになっている。

「どうにか逃げ切って！　東に向かうのを知られたら……」

「知られたら、どう、なるんだっ？」

激しくなった揺れに翻弄《ほんろう》されて、おれたちもシートで小刻みに弾《はず》んだ。

「私達カロリアも平原組も、名目上は小シマロン領よ。自治区とはいえ勝手に大シマロンを訪問すれば、宗主国として黙《だま》ってはいない」

暴力団風の名前を口にするときに、フリンは忌々《いまいま》しげに眉《まゆ》を顰《ひそ》めた。どうやら平原組と呼ばれる団体は、彼女の中ではマキシーンと同じカテゴリーに属するようだ。

刈《か》り上げポニーテールことナイジェル・ワイズ・マキシーンとは、先日決裂《けつれつ》したばかりだ。アーダルベルトは「絶対に死なない」なんて嘯《うそぶ》いていたが、落ちてくときの尾《お》を引く悲鳴が忘れられない。あれで本当に無事だったのだろうか。

「追いつかれそう」

黄色いカーテンを少しだけ持ち上げて、フリンが背後を窺《うかが》った。

おれもシートベルトごと身を捩《ねじ》って、窓の外を覗《のぞ》き見た。最後尾の護衛は既《すで》に追い抜《ぬ》かれ、四、五騎《き》の乗り手が村田号に並んでいた。いくら四馬力とはいっても、こっちは馬車で向こうは単独だ。身軽なほうが足も速いに決まっている。

囲まれるのは時間の問題だろう。

「平原組ってどんなことするんだ？　オトシマエとかユビツメとかハラキリとかする？」

「彼等は小シマロンの人形だわ。誇《ほこ》りも意地も忘れ果てて、権力にへつらう愚《おろ》かな者達。私達の向かう先と目的を知ったら、嬉々《きき》として小シマロンに突き出すでしょうね。偉大《いだい》なる見開きの君、サラレギー様からお褒《ほ》めの言葉を賜《たまわ》るために！」

フリンの語調は刺々《とげとげ》しい。

サラレギーだかアレルギーだかニラレバーだか、その名前は刈りポニの口からも聞かされている。小さい方のシマロンの王様だろう。憎々《にくにく》しげに呟《つぶや》かれた「見開きの君」というのは、ミドルネームか肩書《かたが》きか。

渋谷号が急にスピードを落とした。フリンがヒステリックに叫《さけ》ぶ。もはや旦那《だんな》の身代わりだとか、マスク・ド・貴婦人とかいってる余裕《よゆう》はない。

「どうして止まるの⁉　走って！　逃げ切るのよ」

「ですがギルビット様、正面に羊が」

全員が、羊？　と聞き返し、小窓に殺到《さっとう》して前を見た。

羊、羊、羊。一面の羊。

数え切れない羊の群れが、高速馬車道路を完全に塞《ふさ》いでいる。

「飛び越《こ》して！」

それは無理。マッスルズとおれで無言のツッコミ。

車輪の軋《きし》む音に、フリン・ギルビットはいよいよ取り乱し始めた。そっちのクッションをこっちに移動させてみたりと、意味のない行動を繰《く》り返している。この心理状態はよく判《わか》るぞ。負けてる試合の九回裏に、いきなり代打に指名された心境だろう。打たなきゃおれのせいで敗戦決定だし、心の準備はできてないし。

「どうしよう、どう逃《のが》れようかしら……くそっ、あの厄介《やっかい》な因習さえなかったら……」

パニック寸前で、淑女《しゅくじょ》らしからぬ言葉も飛びだす。そうこうしている間にも、馬車はどんどん速度を緩《ゆる》め、ついには群れの真ん中に突っ込む形で緊急《きんきゅう》停車した。

周り中をモコつく家畜《かちく》に囲まれている。頭の中を無数のウールマークが飛び交《か》った。洗濯機《せんたくき》では洗わないでください。

オフホワイトの羊毛の波を掻《か》き分けて、平原組のうちの二人が近づいてくる。

「わたし一人だと知れたらまずいわ」

「何言ってんだよ、こんな団体ツアーじゃん」

「ああっそうね。ひとりじゃないって素敵《すてき》なことね……違うわもっとまずいわッ、小シマロンでは女の一人歩き以上に、夫以外の男性との旅は重く禁じられているのよっ」

不倫《ふりん》だから。

「落ち着けフリンさん！　名は体を表すとはこのことかもしんないけどっ、とにかく落ち着け。羊でも数えてみよう」
一、二、三、ぐう。
「うわっ危ねえ！　寝ちゃうとこだった。おれはのび太かよ!?」

ところが、そんないい加減な助言でも効果があったのか、フリンは幾分《いくぶん》冷静さを取り戻《もど》し、胸に手を当てて呼吸を整えた。

「……ありがとうクルーソー大佐《たいさ》。少し楽になったわ。どうにかしてここを切り抜《ぬ》けないと。あなたとロビンソンさんを大シマロン本国に送り届けないことには、私の仕事は終わらないものね」

こういうとき、捕虜《ほりょ》としてはどうするのがベストなのか。

機に乗じて逃走《とうそう》を試みても、平原組にとっ捕《つか》まるのが関の山だろう。組関係者はおれたちを客分として扱《あつか》ってくれるのか、はたまた敵対勢力の鉄砲玉《てっぽうだま》として、東京湾《わん》に沈《しず》められるのか。

「話をつけてくるわ」

「いってらっしぇい、姐《あね》さん！」

とりあえず様子を窺っておこう。フリンが馬車からゆっくりと降りて、馬上の追っ手に歩み寄った。カーテンの隙間から覗き見るに、先方はガタイのいい男二人だ。マキシーンによく似た刈り込み髭《ひげ》と、薄《うす》いブルーの騎兵服《きへい》。愛馬と同じ茶色の髪型《かみがた》は……。

「アフロだ！」

絵に描《か》いたようなアフロだった。写真に残したいほど見事なアフロだった。国産ではないほんまもんのアフロだった。

何事か抗議《こうぎ》していたフリン・ギルビットが、感情的に声を荒《あら》げた。

「お父様っ！」

お父様？

「……親子⁉　フリンとアフロが？」

おれの驚《おどろ》きに、マッスル一号が目を合わさずに答える。

「ソウデース」

てことはおれと村田健は、家畜まで動員した大規模な親子喧嘩《げんか》に巻き込まれているわけか。

「ですからっ、私一人で大シマロンに向かおうとしたわけではなく、ノーマン様もご一緒《いっしょ》だと申し上げているではありませんか！　最近とみに旦那様のご病状がすぐれぬので、本国にいる腕《うで》の良い医師を訪ねて……」

「医者なら我等平原組にも、サラレギー陛下のお膝元《ひざもと》にもおるでアフロ」

一瞬《いっしゅん》、嘘《うそ》だろと思いかけた。語尾《ごび》がアフロなんて出来過ぎだ。

「それに婿殿《むこどの》は三年も前から、ご病気を口実に本国参りさえ欠かしておられるであろー」

良かった、接尾語に関しては、おれの聞き間違《まちが》いだったようだ。ほっと胸を撫《な》で下ろす。

「本当にノーマン殿がご存命なのか、疑われても仕方がないであろーが」

サラレギー様とやらの飼い犬（フリン談）マキシーンに掴《つか》まれた、なりきりノーマン・ギルビット作戦の真相は、まだ方々に広まってはいないようだ。敵を欺《あざむ》くにはまず味方からとはいうけれど、婿さんの不幸を報《しら》されない舅《しゅうと》というのはどういうものだろう。義理の息子《むすこ》と一杯《いっぱい》やろうかと思っても、婿が娘《むすめ》で娘が婿になっているのだ。二人同時に現れることは絶対にないという、コントの定番シチュエーションだ。

刈りポニによるとフリン・ギルビットは、夫に成り代わっていただけでなく、ウィンコットの毒とやらを切り札にして、宗主国以外と取り引きしたらしい。大昔にカロリアの地を治めていた、後の魔族《まぞく》のウィンコット家の末裔《まつえい》だけが、毒に感染した被害者《ひがいしゃ》を思うままに操《あやつ》ることができるのだとか。

その末裔とやらにされているのが、おれ。クルーソー大佐だ。おれみたいに百戦錬磨《れんま》でもない弱者には、曲者《くせもの》たちのリーダーは務まらんってば。と、嘆《なげ》いてみても始まらない。

「ではお父様は、ノーマン様を疑ってらっしゃるのっ⁉」

自らの置かれた境遇《きょうぐう》に泣けてきていたおれの耳に、激しい抗議が聞こえてきた。

「ノーマン様に統治能力がないと、民を率いるだけの資質がないとでも仰《おっしゃ》るのですか⁉」

「そうではない。ノーマン殿を疑っておるのではないであろーが。ただ、カロリアから預かった若者の中には惰弱《だじゃく》な者も多く、一人前の兵士としては育たぬかもしれんと言っておるのだ。だが、民の姿は主によって定まるもの。ノーマン殿がご病気や性格のせいで、下々の生活を締《し》めることができぬのならば、身内でもある我等がいつでも手をお貸しすると以前より繰り返し申しておるであろー」

「せっかくのご提案ではありますけれど、カロリアにはカロリアのやり方がございます。病や事故が重なったとはいえ、ノーマン・ギルビット様には国を……シマロン領自治区を治めるだけの力は充分《じゅうぶん》残されています。余計なお心遣《こころづか》いは無用です！」

「では何故《なにゆえ》、婿殿は我等とお会いにならぬのであろーか⁉」

「それは……」

あの、自信に溢《あふ》れた瞳《ひとみ》がふと揺《ゆ》らいで、フリン・ギルビットが言葉に詰《つ》まった。

それは、の後は誰《だれ》より彼女が解《わか》っている。

ノーマン・ギルビットはもう、この世に存在しないのだ。

おれや村田みたいに本人に会ったことのない相手なら、夫に成り代わって急場を凌《しの》ぐことも可能だろう。信頼《しんらい》できる執事《しつじ》やメイドをうまく使えば、国王……今は領主扱いだが……主君としての務めも果たせる。

しかし、自分の父親を前にして、おや婿殿はどうしたあらトイレかしらまあおほほちょっと呼んで参りますわ（着替《きが》え）おお婿殿お待ちしておりましたぞところでうちの娘はどこだハァハァ娘さんなら部屋に忘れ物をしたとかでちょっと様子を見てきます（着替え）ゼーゼーお父様わたしじゃなかっただんなさまは少しご気分がすぐれないとかで……という入れ替わりコントを披露《ひろう》するわけにはいかないだろう。いっそ片側は婿、片側は嫁《よめ》のペインティングはどうだ。想像するとかなり笑える。

「フリン、お前はカロリアの者であると同時に、平原組の娘でもあるであろー。お前が何のためにギルビットに嫁《とつ》いだのか、もう一度よく思いだせ。我等の力が必要なら……」

「渡《わた》しません！」

娘は再び顔を上げた。

「お父様とお兄様のお考えはお聞きしました。意味もよく……深く理解しております。カロリアはお渡しできません。この先ノーマン様の病状がおもわしくなくなっても、あなたがたの力はお借りしません！」

おれはぎょっとして小窓から離《はな》れ、元の場所に座ろうとした。マッスル二号が肘《ひじ》を引っ張ってくれたので、彼のお膝に乗らずに済んだ。

使用頻度《ひんど》の少ない脳味噌《のうみそ》の中では、これまでの大河ドラマのタイトルから、よく似た人間関係を検索《けんさく》中だ。なんだっけ、誰だっけ、蝮《まむし》と呼ばれた男・斎藤道三《さいとうどうさん》？　あまりしっくりとはこないが、道三と娘の闘《たたか》いは続いている。

フリン・ギルビットの父親、平原組の首領らしきアフロは、小シマロン領カロリア自治区を手に入れるために、娘をギルビットに嫁がせたのだ。そして現在、ノーマンは統治者としての力を失いつつある。病と不運な事故で肉体的に弱っているからだ。機は熟した、今こそカロリアを我が平原組の勢力下に……しようと思ったら重大な計算違い発覚。

娘さんはもう、昔のままの可愛《かわい》い子供じゃなかったのです。

水戸黄門用語集では「『貴様、裏切ったな!』『ふふ違うな、表返ったのさ』の法則」に該当《がいとう》する。

視線の先で何かがちらりと光った。

さっきまで彼女がいた向かいの席には、ご婦人用のクッションが並んでいる。膨《ふく》らんだ布に挟《はさ》まれて、銀の覆面《ふくめん》が冬の日射《ひざ》しに輝《かがや》いていた。

「ちょーっとだけシートベルトを外してくんねーかな、マッスル」

まるで呼ばれているみたいに、ギルビットの仮面に指が伸《の》びる。

待て待て待て、この場は様子を見るのが賢《かしこ》い選択《せんたく》だ。考えてもみろ、あの女はおれと村田を監禁《かんきん》して、魔族と敵対してるシマロンに連れて行こうとしてるんだぞ!? しかもあいつが通じているという大シマロンの兵士は、おれたちを襲《おそ》った連中と同じ火器を装備していた。

コンラッドの声が耳に蘇《よみがえ》って、喉《のど》の奥で呼吸が止まる。

フリンはあの連中と組んでるんだ。いくらアフロの謀略《ぼうりゃく》が卑怯《ひきょう》だからって、そんな女のために動く必要がどこにある？　だいたい国や領土間の争いなんだから、身内を道具として扱《あつか》うなんてザラだろう。アフロ一人が汚《きたな》いわけでもない。こんな場面で腹を立てて、短気を起こすだけ無駄《むだ》だ。もっと冷静になれ。もっと冷静に……。

「畜生《ちくしょう》っ、おれが冷静だったことなんてあるか⁉」

舌打ちしたいような気分で、おれは銀の覆面をひっ摑んだ。勢いよく頭を突《つ》っ込むと、窓越《ご》しの日に照らされていたせいか、生地がほんのりと暖かい。それともこれがノーマン・ギルビットになる人間の心に求められる温度だろうか。

これが、フリンが三年間演じてきた顔だ。

ひとつだけ教えてくれ、フリン。

あんたは何のために表返ったんだ？

「話は聞かせてもらったぜ！」

覚悟《かくご》を決めて馬車の扉《とびら》を蹴破《けやぶ》ると、ぎょっとしたアフロと娘が振《ふ》り返った。おれはマスクの下でニヤリと笑う。不敵なつもりが頼りない泣き笑いになってしまった。いいんだ、どうせ見えやしない。

「管理能力を疑われている様子ですが、わたくしことノーマン・ギルビットは、これこのとおり、すっかり元……うはっ」

元気良く一歩踏《ふ》み出したのだが、段差のことを忘れていた。左足は空を切り、つんのめる体勢で地面に落ちる。

薄汚《うすよご》れた白の羊毛の海に、顔から突っ込んでしまった。

「ンモっ⁉」「ンモっ⁉」「ンモっ⁉」「ンモっ⁉」

羊たちの大パニック。

「お、お見苦しいところを」

つるっとした後頭部を掻《か》きつつ立ち上がると、家畜《かちく》の群れに腰《こし》まで埋《う》もれていた。この国の羊は地球よりもかなり大きい。

「クル……あなた」

驚《おどろ》きと困惑《こんわく》の混ざった表情で、フリンが身振《みぶ》りで訴《うった》えていた。細い指を喉に持っていき、さかんに口をパクパクさせている。不慣れなおれが仮面の革紐《かわひも》をきつく縛《しば》りすぎて、呼吸が苦しくないか心配なようだ。

「任せろ。こう見えてもおれはキャッチャーだかんな。マスクは身体《からだ》の一部です」

米国版ウルトラマンを思わせる外見だったが、被《かぶ》ってみると意外と視界も広かった。口と鼻の部分にも余裕《よゆう》があり、そう息苦しいこともない。

アフロは慌《あわ》てて馬を降り、娘の前へと進み出た。

「これは、ノーマン殿……久しくお会いできなかったために、ついご無礼なことを申しました。つまらぬ疑いがお耳に入られたとすれば、さぞやご気分を害されたことであろ……ございましょうが。我が娘に向けたほんの戯《ざ》れ言《ごと》ゆえ、どうかご容赦《ようしゃ》いただきたい」

「いやー、無理もないよ三年も会ってないんだもんね。というのもうちの奥さんが、あんまり実家に帰りたがらないからなんだけどさ」

急に畏《かしこ》まったさまからすると、平原組よりもカロリア領主の方がランクが上なのか。とはいえノーマン・ギルビットのキャラを知らないので、どう喋《しゃべ》ったらいいのか見当もつかない。さすがに友人口調はまずかろうと、居丈高《いたけだか》な物言いに挑戦《ちょうせん》してみる。偉《えら》そうな人の一人称《しょう》って何だろう。僕とかオレでは頼《たよ》りないような。かといって余とか妾《わらわ》も違うような。

「それにしても、国民が兵士に向いていないからって、おれ……うーん、まろ？　そう、まろに統治能力がないとは失礼千万でおじゃる！」

父親の後ろでフリンが呆《あき》れて首を振った。うまく演じられていないようだ。

「こう見えても吾輩《わがはい》……そうだ、吾輩かな！　病み上がりながら吾輩、全身全霊《ぜんれい》をかけてカロリアを治め、民と国のために命を捧《ささ》げておるぞよ、むははははは」

ちなみに猫《ねこ》ではないでおじゃる。

プラチナブロンドの美人妻は、おれの喉を指差して溜息《ためいき》をついた。綺麗《きれい》な女性のトホホな表情は、人生においてなかなか見られるものではない。しかしその不満げな様子からすると、やはりまだ舅《しゅうと》を騙《だま》せるレベルではないか。ああ、そうだ、話術ばかりでなく声にも問題があるのかもしれない。

想像しろ、渋谷ユーリ。お袋《ふくろ》がいまだに続刊を心待ちにしている、少女漫画《まんが》の天才女優のごとく！

大病でご幼少のみぎりからのマスクマン生活、大人になって美人の嫁さんをもらったはいいが、その女性は国を狙《ねら》う一族の娘。隣《とな》り合った大国には占領《せんりょう》されるし、今また戦争始まりそうだし。三年前には不運な事故に見舞《みま》われて、持って生まれた声まで失う始末……。

あれ？

「しかしノーマン殿《どの》、いつのまに声を取り戻《もど》されたのであろーか？」

あれーっ!?

しまった。ノーマンがまともな声を失ったというパーソナルデータを、今の今まで忘れていた。まったくもう、亡《な》くなった人を生きてることになんかするから、こういうややこしい事態になるのだ。

「こーえーはー、えーと」

目の前の男はいよいよ怪《あや》しみだした。

「もしや影《かげ》武者なのではあろーまいな。誠に婿《むこ》のノーマン殿か？　娘に愛を誓《ちか》えるか？」

「そりゃもう亀《かめ》様に誓って、フリンさんが好きです！」

でもゾウさんはもっと好きです。

アフロ感激！　の殺し文句のはずなのに、平原組の表情は硬《かた》いままだ。想《おも》いのこもらない告白は、かえって疑いを強めただけだ。

それにしても、この場にヴォルフラムがいなくて助かった。今の発言を聞かれていたら、どんな言い訳も通用しなかったろう。

覆面内が急に蒸れてきて、首筋を嫌《いや》な汗《あせ》が流れ始める。切羽《せっぱ》詰《つ》まると凶器《きょうき》で殴《なぐ》って逃《に》げたくなるのは、マスクマンとしての性《さが》だろうか。エモノはどこだ。

おれが場外乱闘用にパイプ椅子《いす》を探して、周囲を見回した時だった。

「ノーマン・ギルビットさんの声を取り戻した奇跡《きせき》の人は、この僕でーす！」

騒《さわ》ぎに巻き込まれていなかった後続の馬車から、イメチェン済みの村田健が姿を現した。明らかな人工金髪《きんぱつ》と中途半端《ちゅうとはんぱ》に脱色《だっしょく》された眉《まゆ》、青すぎるカラーコンタクト。両手を派手《はで》に広げたポーズのまま、軽やかにステップを降りてくる。BGMは口《くち》オーケストラで「オリーブの首飾《くびかざ》り」だ。

「ちゃらららら～ん……っとぉいてっ」

おれと同様、段差でこけた。羊の背中に謝った上で、地面に這《は》いつくばって何か探している。

「眼鏡《めがね》メガネ……」

「いや、ムラケン、お前最初っからかけてねーし」

「こんな天然素材だったなんて。少し買い被っていたかしら」

フリンは幻滅《げんめつ》したように言った。彼女が期待を抱《いだ》くほど、村田はフェロモンを振りまいていただろうか。

「あれは誰《だれ》ですかな、ノーマン殿」

アフロが尋《たず》ねるのも当然だろう。両脇《りょうわき》にアマゾネスシートベルトを従えたムラケンは、どこから見ても充分《じゅうぶん》、怪しかった。

「わ、吾輩の新しい側近、ロビンソンくんです」

「ロビンでぇーす、よろしくぅー」

店名の入った名刺《めいし》でも差しだしそうな勢いで、上半身を折り曲げる。

村田……お前って本当は何者?

「お舅さんともなれば愛娘《まなむすめ》の嫁《とつ》いだ先の婿さんのことは寝《ね》てても気になることでしょう。ましてや三年も音信不通とくれば、サクラ、あんちゃんは悲しいよと思うのが人情。ある日いきなり会った婿さんの雰囲気《ふんいき》が、ガラリと変わってたらこりゃあ大変だ。なになに? 出せなかったはずの声が元に戻っている? ご安心ください。それはこの僕、奇跡の治療師《ちりょうし》、東京マジックロビンソンが、アガリクスとプロポリスとスッポンエキスで前以上のゴージャスボイスに治して差し上げました! へい、レッドスネークカモーン!」

「イエスボース」

村田、やっぱりお前って本当は何歳!? いやそれよりも驚いたのは、アマゾネスシートベルトの二人組をいつの間にか手下にしていることだ。さすが東京マジックロビンソン! どのよ

うな秘技で？　それともまさか男の武器で⁉

胸板も立派なボディービル美女が、村田に小瓶《こびん》を捧げ渡《わた》す。どことなく栃木《とちぎ》方言だ。

「はいこれ。これ万能薬ね。風邪《かぜ》も治すし育毛もする。おまけに袋小路《ふくろこうじ》に追い詰められたとき、もの凄《すご》い威力《いりょく》を発揮するのね。これこんな感じ」

ロビンソンが容器を地面に叩《たた》きつけると、轟然《ごうぜん》とした爆音《ばくおん》とともに、黄色い煙《けむり》が濛々《もうもう》と立ちのぼった。

イエロースモークカモーン！

「ぼやっとしてんなよ、逃げるぞクルーソー大佐《たいさ》！」

「えっ⁉　何どこよ村田っ⁉」

「ンモっ！」

小心者の羊の群れが、蹄《ひづめ》を鳴らして一斉《いっせい》に駆《か》けだした。百％ウールの横波が、何頭も体当たりをかましてくる。

平原組の連中は盛《さか》んに咳《せ》き込んでいる。最後尾《さいこうび》にいたフリンの戦力五、六人が、煙に紛《まぎ》れて駆け寄ってきた。マッスル一号二号が敵方の馬を胸で受け止める。

「オクガタサマー、ニゲテー」

忠実な筋肉だ。

「早く、羊毛にしがみつくの！」

「はあ!?　羊に!?」

「なによ、羊くらい乗りこなせないで、どうやって軍人になったっていうのっ」

この世界では彼等は乗り物らしい。

遠くで誰かが叫《さけ》ぶ声がした。

「待てやーぁ羊泥棒《どろぼう》ーぉ！」

申し訳ないが、待てなかった。

4

憤懣《ふんまん》やるかたないという表情で、聞き込みに行っていたフリンがおれたちの元へと戻《もど》ってくる。ハンカチの二、三枚は軽く引き裂《さ》きそうだ。

「面倒《めんどう》なことになりました」

「まあそう難しい顔しなさんなって。眉間《みけん》にしわが残っちゃうよ」

「あのねクルーソー大佐、これは非常に深刻な事態なのよ。とても重大な危機なのよ、お判《わか》りかしら?」

「判ってるって。だから勝手に逃げ出さずに待っててただろ?」

「ええご協力には感謝しますけどッ」

のんびりと草を食《は》む背中に視線を落とし、フリン・ギルビットは忌々《いまいま》しげに舌打ちした。会った当初の貴婦人らしい振《ふ》る舞《ま》いはどこへやら、今ではすっかりそこらのおねーさんだ。

羊の背中あるいは腹にしがみつき、やっとのことで平原組から逃《のが》れたおれたちは、村の外れにへたり込んでいた。もちろん、三十頭近い群れも一緒《いっしょ》。

先程《さきほど》ちらりと見えた道標《みちしるべ》には、東に向かえば大シマロン領、西は小シマロン本国と書かれていた。まさに分岐点《ぶんき》というわけだ。

おれと村田に逃げないようにと言い残して、フリンは一人で雑貨屋へと向かった。情報を収集するためだ。

仮にも捕虜《ほりょ》だった者達を、見張りもつけずに放置していいのだろうか。立て続けに起こる計算外の出来事に、彼女はすっかりペースを乱されているようだ。

「大シマロンとの国境は見事に封鎖《ふうさ》されてるそうよ。毎月越境《えっきょう》してる商人や羊飼いさえ、容易には通してもらえないらしいわ。近隣《きんりん》の住人もずいぶん不安がってるみたい。今のところ事情を聞いてるのは、一部の兵士達だけでしょうけれど、この物々しい雰囲気では一般《いっぱん》にまで手配が回るのは時間の問題ね」

「なにしろ羊泥棒だからなー」

村田がのんびりと口を挟《はさ》む。呼ばれたかと勘違《かんちが》いした一頭が、穏《おだ》やかな灰色の目を上げた。下顎《したあご》は斜《なな》めに動いて咀嚼《そしゃく》中。

「違うわよ、羊くらいでこんなことになるものですか」

おれはそいつの頭を撫《な》でた。薄茶《うすちゃ》の顔の中央に、人間でいうTゾーンが白抜《しろぬ》きされている。

「まったく傍迷惑《はためいわく》な家族だよ。国境封鎖だって。普通《ふつう》、娘相手にここまでするかー？　仮にも実の親子なんだからさあ」

「親子？　親子だからなんだっていうの？　父であろうが娘であろうが、相手はカロリアを狙《ねら》っている男よ。ノーマン・ギルビットに統治力がないと知れば、すぐにでも領主の座を奪《うば》うべく乗り込んでくるわよ。ちょっとっ、その毛玉どけてちょうだいっ！　これじゃ座ることもできないじゃないの」

フリンが怒鳴《どな》ると、八つ当たりされた家畜《かちく》は一糸乱れぬタイミングで振り返った。

「ンモっ」

不機嫌《ふきげん》だ。

「なによ、凄んだって駄目《だめ》よ。あんたたちのせいで計画は台無し！　あーら薄汚《よご》れてダマダマになって、品質の悪い羊毛十割が歩いてるわー！」

動物相手におばさんギャグを喰《く》らわせたところで、事態は一向に好転しない。

彼女は羊に肘鉄《ひじてつ》を食わせ、木の根本によろりと座り込んだ。少女みたいに膝《ひざ》を抱《かか》えてうずくまる。

声をあげて、泣くのかと思った。

背中はひどく細く感じた。

「……どうしてこんなことに……」

「それはこっちが訊《き》きたいよ」

度入りサングラスを取り戻した村田健は、ベージュの顔を一頭ずつ確かめて、ウールの値踏《ねぶ》みを始めている。太い幹に寄り掛《か》かったまま、おれはフリンを見下ろしていた。

「家に帰るのに手を貸してくれるかと思って、あんたの館《やかた》へ行ったばかりにさ。ウィンコットの末裔《まつえい》だーなんだかの鍵《かぎ》を操《あやつ》る大事な人だーって言い立てられて、監禁《かんきん》されてとうとうこんなとこまで連れてこられちゃったんだぞ。なんでこんなことにって言いたいのは、あんたじゃなくておれたちだよ」

「……そうね」

「あんたが親父《おやじ》さんと仲違《なかたが》いしてるのも知らなかったし……そのー、政略結婚《けっこん》？　ていうの？　ダンナとそういう関係だってのも、すぐには考えつかねーもん」

「そうよね。ごめんなさい」

ずっと堂々としていた年上の女性から、しおらしい言葉をこぼされる。モテない野球小僧《こぞう》歴の長いおれは、そういう不意打ちに非常に弱い。

「いっ、いやっ、謝らせようと思って言ったわけじゃないケドっ！　まあ謝ってもらって済むようなレベルでもないんだけどね……今更《いまさら》。そのでもっ」

膝に顔を埋《う》めたままだ。

「……でも、自分がなんで巻き込まれてるのか、何に巻き込まれてるのか、知りたいってのは当然だろ？」

「ええ」

「もう、教えてくれてもいいんじゃないかな。あんたは何故《なぜ》、おれたちを大きいシマロンに連れて行こうとしてるの？　本国は何故、おれたちを欲しがってるんだい？　おれが……」

敵対する魔族《まぞく》の王様だから？　そう訊こうとしてすんでのところで言葉を切った。

渋谷ユーリの特殊《とくしゅ》な身元は、フリンにはまだ知られていないはずだ。現在はウィンコットの末裔のクルーソー大佐。それ以上手の内を見せることもない。

午後の鐘《かね》が数回響《ひび》いた。教会らしき建物から、黙《だま》りこくった一団が歩いてくる。

人々の中央には、真っ白な箱を持った男達がいた。形や大きさから察するに、恐《おそ》らく棺桶《かんおけ》だろう。しめやかな列はおれたちの脇《わき》を過ぎ、小高い丘《おか》への道を曲がってゆく。

親指を背中に回していたのに気づいて苦笑する。小学生じゃあるまいし。それも、日本に戻れたわけでもないというのに。

「葬式《そうしき》だ。誰《だれ》か亡《な》くなったんだな」

「子供よ」

「え？」

遠ざかる葬列にもう一度目をやる。母親らしき女性もいることはいるが……。

「棺桶が白いでしょう、男の子よ。大人は茶色、女の子は赤茶色。白い棺桶は少年兵が死んだときに、勇気と愛国心を讃《たた》えて使うのよ。十二か、三までの男の子」

「だってまだ、戦争始まってないだろ⁉　それに十二って……そんな子供が兵士なんて……」

「ここらじゃ当たり前のことなのよ」

フリンは膝から顔を上げ、曇《くも》りかけた空に視線を投げる。雲の合間に僅《わず》かに残った太陽を、名前も知らない小鳥が横切った。

「百年以上前、大陸がまだ百近い国家に分かれていた頃《ころ》からずっと、平原組は国としての土地を持たなかった。諸国から送られてくる人々を鍛《きた》え上げて、一人前の兵士にする組織だったの。だから充分《じゅうぶん》な土地や財を持ってはいても、所詮《しょせん》は養成機関という存在だったのよ。両シマロンが大陸全土に侵攻《しんこう》しても、平原組の立場は変わらなかったわ。男達を預かって、鍛えるだけ。どこの国、どこの地方の者でも関係ない、ただ戦闘《せんとう》に耐《た》えうる兵士に育てるだけ。そのうち、多くの国が戦《いくさ》に敗れ、大陸の東側は殆《ほとん》どがシマロン領になった。カロリアもそうよ。ギルビット家も小シマロンに降伏《こうふく》したの」

私はまだ嫁《とつ》いでいなかったけれど、とフリンは付け足した。

「その頃から少しずつ、私の父……平原組の仕事に変化が現れ始めた。送られてくる人間の年齢《ねんれい》が若すぎるのよ。宗主国であるシマロンの法律では、十二を過ぎると兵役に就《つ》くんですって。十二といっても子供はそれぞれだわ、貧しい村で生まれ育てば、痩《や》せて不健康な子供もいる。中には剣《けん》を持つ力さえないような、兵士に向かない子だっているわ。それでも、父も兄も……以前と同様に兵士を育てた。それが一族の仕事だったからよ。訓練中に命を落とす者も増えた。当然だわ、まだ身体《からだ》もできあがっていない子供なんだもの。剣の使い方も、人間の急所も知らない子供達なんだもの……そういう子達をどうにか一から教えて、やっとのことで送り出すの。

今度は各国の軍隊に向けてじゃなく、全員が大国シマロンの兵隊になるのよ……そういう場所で私は育ったの。毎日毎日、剣の音や怒声《どせい》、ときどきは悲鳴の聞こえる館でね」

村田は最高値の羊を見つけだしたようだ。幼い女の子が嬌声《きょうせい》をあげて駆《か》け寄ってきて、大型バイクほどもある毛の塊《かたまり》に抱《だ》きついた。後からついてきた母親が、笑いながら村田に声をかけている。

さっきの葬列さえ見なければ、フリンの言う剣の音や怒声、悲鳴などとは、まったく縁《えん》のない村なのに。

「私がギルビットに嫁ぐと決まったとき、父も兄も大喜びしてこう考えた。これはきっと、国家を手に入れる最大の好機だって。姻戚《いんせき》関係にあるのだから、治世に手を貸すのは不自然ではないし、宗主《そうしゅ》国に咎《とが》められることもないだろうって。徐々《じょじょ》に掌握《しょうあく》していけば、やがては摂政《せっしょう》として全権を手にすることも不可能ではない……もう国として認められてはいないけど「組織」というだけの平原組よりはずっと地位が高い。小シマロン領とはいえカロリアは自治区扱《あつか》いだし、属国の中でも支配は比較的《ひかくてき》、緩《ゆる》やかなの。大きな港を持っていて、商船主とも通じている。無理やり乗り込んできて彼等の機嫌を損ねるよりも、やり方を弁《わきま》えているギルビット家に任せたままで、収入を吸い上げる方が得策だと判断したのね」

「ギルビット港には行ったよ。活気があって、大きな船がいっぱい停泊《ていはく》してた。道路とかの設備も充実《じゅうじつ》してたし、何よりシルバー人材が生き生きと働いてた。確かにいい港だな」

「ありがとう」

薄《うす》い緑の瞳《ひとみ》が細められる。

「あっ、あ、だって日払《ひばら》いで給料もちゃんと出たしねッ。見知らぬ流れ者にもバイト世話してくれたしさっ」

「働いたの!?　どうして!?」

現金が欲しかったからに他《ほか》なりません。ていうかおれは何を焦《あせ》っているんですか。ちょっと緑の眼《め》を向けられただけで。薄いライトグリーンなんて、メロンでも出涸《でが》らしのお茶でもトイレの壁《かべ》でも見慣れてるのに。

「なのにあんたは、旦那《だんな》が死んでも父親を国に入れようとしなかったんだな。あんな暑苦しい覆面《ふくめん》を何年間も被《かぶ》って。自分が旦那のふりをしてまで……どうしてだ？　手にした権力がもったいなくなっちゃったのか」

「違《ちが》うわ」

彼女がゆっくりと首を振《ふ》ると、長い髪《かみ》が膝の上から滑《すべ》り落ちた。

「嫌《きら》いなのよ、父の組織が。毎年毎年、カロリアからも少年が召集《しょうしゅう》されていく。十二を過ぎたら全員よ。来《きた》るべき魔族との戦に備えて、一人でも多くの兵隊が必要なんですって。そんなに戦争がしたいなら、自分の身内だけですればいい。ぬかるんだ道を歩いたこともない貴婦人の皆様《みなさま》や、馬の世話などしたこともない貴族の皆様だけで戦えばいいんだわ。父や兄にカロリアを任せたら、国中を軍隊にされてしまう。私の夫が愛したのはそんな国じゃない。兵士ばかりが闊歩《かっぽ》するような国じゃない」

なるほど。

それで領主に成り代わり、亡き夫の遺志を継《つ》いできたってわけか。

「……魔族は人間相手に戦争なんかしないって。少なくともおれの目の黒いうちは、絶対そんなことさせないって」

「どうして？」

問い返されて、答えに詰《つ》まる。

「どうしてクルーソー大佐《たいさ》に断言できるの？　闇《やみ》色の瞳と髪を見れば、あなたが身分の高い、力の強い魔族だということは判《わか》る。完璧《かんぺき》な双黒《そうこく》は存在さえ稀《まれ》だって、いつだったかノーマンからも聞かされたわ。あの恐ろしい力だって……」

フリンは唇《くちびる》に指を当て、少しの間言いよどんだ。そういえば紅茶魔神のときも、女性相手にえげつない魔術《まじゅつ》を使ってしまった。制御《せいぎょ》できなくて申し訳ない。

「……ウィンコットの末裔なのだから、きっともっと強大な力を秘《ひ》めているのでしょうね。今はとてもそんなふうには見えないけれど。でも、だからといって国を動かせるわけではないでしょう？　魔族には絶大な権力を持つ王がいて、国民は老人から赤ん坊《ぼう》まで絶対服従、意に染まぬ者は首を刎《は》ね、頭から食らってしまうのだと言われてる。魔族を動かすのが恐怖《きょうふ》の大王な

ら、誰にも止めることはできないわ」

誰が捏造《ねつぞう》した噂《うわさ》ですか。ノストラダムスとか鮎《あゆ》の塩焼きじゃないんだから。ていうか第一段階として首を刎ねた場合、頭から食らう意味はないのでは。

ふと不安になってしまった。魔族情報はでたらめもいいところだが、現情勢下における立ち位置や、土地を生かした自国の特色など、フリンは的確に把握《はあく》している。おれときたら感心して聞くばかりで、眞魔国《しんまこく》と比較することすらできなかった。政治とか、駆け引きとか、戦略とか、そういう能力も自分にはない。

女性だからとカロリアを任せられなかった彼女のほうが、おれよりずっと統治者として適しているのだ。

……悔《くや》しいけど。

「あんたって、いい王様だよな」

「私が？　なぜ？　そんなことないわ。夫は良き領主で民《たみ》にも好かれたけれど、私が輿入《こしい》れするときなんて、街道から石まで投げられたのよ。あの平原組の娘《むすめ》を娶《めと》るなんて、って。無理もないわ。何世代にも亘《わた》って罪もない人々を戦場に送り、それでお金を稼《かせ》いできた一族ですものね」

「でもそれは親父《おやじ》さんの問題であって、フリンさんが責められることじゃないだろ」

「私も同じよ」

自嘲《じちょう》気味に短く言うと、彼女はしばらく黙《だま》り込んだ。そしてようやく口を開いたときには、先程《さきほど》までの儚《はかな》げな印象は欠片《かけら》も残されていなかった。

「お忘れかしら、クルーソー大佐。私はあなたをシマロン本国にお連れする途中《とちゅう》なのよ。それも宗主国である小シマロンではなく、牽制《けんせい》しあっている大シマロンへ」

「だからそれは一体、なんのために……」

村田がひょええと奇声《きせい》を発し、機械仕掛《しか》けみたいにぎこちなく振り返った。それから右手を豪快《ごうかい》に回し、空に向かって叫《さけ》びだす。

「ど、どうしたムラケ、ロビンソン!?　悪い虫にでも刺《さ》されたか!?」

「やだ、大佐のお友達って本当に謎《なぞ》ね。煙《けむり》の瓶《びん》だってどこに隠《かく》し持ってたのかさっぱり判らないし、あのときだってまるで別人みたいに……」

「うーうーうーれたー、羊が売れたぞーっ！　しかも新しいご主人様は、メリーちゃんって女の子だー！　メーリさんのひつじーひつじーひつじーメーリさんのひつじーひつじーひつじーひつじー」

可愛《かわい》いって言ってやれよ！

誰《だれ》でも懐《ふところ》が暖まれば、何とかなりそうな気がしてくるものだ。

羊三十頭を売り飛ばした札束は、フリン・ギルビットを少しだけ前向きにした。こうなったら石にかじりついてでも、クルーソー大佐と東京マジックロビンソンを大シマロンまで送り届ける決意、だそうだ。

「……それにしてもクルーソー大佐と東京コミックロマンチカって何だよー……」

「違うぞ渋谷、東京ロマンチカは鶴岡雅義《つるおかまさよし》だ」

もう歳を訊く気力もない。倍脱力《ばいだつりょく》。

「にしても、女ってタフだよな」

「だね」

「さっきまではこの世の終わりみたいな顔してたのにな」

「だね」

身分の高いご婦人とは思えない手際《てぎわ》の良さで、フリンはてきぱきと準備を整えた。ドア・トゥー・ドアで至《いた》れり尽《つ》くせりの馬車の旅から、検問手配をかいくぐる逃亡者《とうぼう》へと転身したため、衣装《いしよう》や装備も揃《そろ》える必要があったが、彼女はそれにも時間をかけず、男物の簡素な服を三人分手に入れてきた。

「でも店のトイレで着替《きが》えちゃうのは、ちょっとおばちゃん入ってるよな」

「だね」

決意表明のためにきゅっと縛《しば》ったプラチナブロンドも、以前の輝《かがや》きを取り戻《もど》している。ただし、あまり目立ってもいけないので、おれの主張する異世界の戦闘帽《せんとうぼう》、ベースボールキャップを目深《まぶか》に被《かぶ》ってはいるが。顔があまり見えない点を差し引いても、おれ的にはかなりの高得点だ。いやむしろプラス5ポイントかも。なにしろ金髪《きんぱつ》美人がポニーテールで野球帽なんて、メジャーの衛星中継《ちゅうけい》でしか拝めなかったのだ。

まずいぞ落ち着け、十六歳のおれ！　繰《く》り返し説明するようだが、相手は自分達を監禁《かんきん》して、連行している怖《こわ》い女だぞ。

「前々から思ってはいたんだけどさ、渋谷って女の子の好みが極端《きょくたん》だよな」

「はあ？　極端って？」

「だから、おねーさまタイプかロリ系かっていう」

「はあー!?　なんだそりゃ!?」

眼鏡《めがね》愛用者特有の半目で凝視《ぎょうし》されて、見透《みす》かされたかと動揺《どうよう》してしまう。

「そそそんなこたねーって！　好きになった相手がタイプですって！　モテ男撲滅《ぼくめつ》委員会兼《けん》モテない人生脱出努力会員としては、どんな女子でもストライクゾーン、ウェルカム恋《こい》のデッドボールですって！」

「いいよいいよ照れなくても。だって同学年に見えるような相手とは、噂になったこともないじゃん。卒業間近に付き合ってたショートカットの後輩《こうはい》もさ、顔も身体《からだ》も小さくて小学生みたいな幼い感じだったし」

「あれ男だよ！　野球部だよ！　スポーツ刈《が》りだよっ！　ていうか全然つきあってねーよ！」

恐《おそ》るべし、ど近眼の幸せな日常。デマが生まれる瞬間《しゅんかん》を体験してしまった。

「でもやっぱこう、オヤジくさいといわれようが、あの項《うなじ》とか生え際がなっ、な、ロビンソン。アレお前って意外と毛深モコモコダマダマでぬくぬく……うわなんだこりゃ!?」

「ンモっ」

村田の肩《かた》を叩《たた》こうと伸《の》ばした先に、触《さわ》り慣れた家畜《かちく》の背中があった。薄茶《うすちゃ》の顔の中央には、Tゾーンが白抜《しろぬ》きされている。

「お前、Tぞうっ。何でここに」

「あれー、一頭ついて来ちゃったのか。さすがにメリーさんの羊だなあ」

「ついてきちゃったのかじゃねーよ、ついてきちゃったのかじゃ。どーすんのこれ、先生に怒《おこ》られるぞ!?」

案の定、防寒具を買い込んで戻ってきたフリンが、Tぞうを見つけて悲鳴をあげる。

「きゃー何それ、どうして売ったはずの家畜がいるの!?　そんなの連れてたら船に乗れないじゃないのっ」

「船？　ここ海沿いだとは思えないんですけど」

革《かわ》の上着で着ぶくれたツアーコンダクターは、腰《こし》に手を当てて偉《えら》そうに言った。

「大シマロン国境を固めてる平原組の裏をかいて、西の境から小シマロンに入ることにしました。ロンガルバル川を河口まで北上して、海側から北廻《めぐ》り船に紛《まぎ》れ込めれば、大シマロンの商港をいくつか通るから。かなりの遠回りにはなるけれど、この道筋が最も安全よ」

「船かぁ」

悪いイメージばかりではないが、豪華《ごうか》客船に乗せてもらったおかげで、海賊《かいぞく》にシージャックされた経験がある。やはり身の丈《たけ》に合わない乗り物はいけない。クルージングとグルーミングの区別もつかない奴《やつ》には、スワンボートくらいが似合いなのだ。

またあんな目に遭《あ》うくらいなら、いっそのことグレードを下げてもらいたい。

だが。

「……こ、これに？」

おれの心配は無用だった。

まず北上する川というのが途轍《とてつ》もなく広い。一般《いっぱん》的な日本人の認識《にんしき》からすると、どんな一級河川でも、ある程度向こう岸は見えるもんだが。

「ロンガルバル……湖？」

「いいえ、川よ。陸路を行くよりずっと楽だし早いでしょ」

えっへんとでも言いたげだ。

暮れかけた日に照らされて、水面は不気味な紫色《むらさきいろ》。

「それにしても、本当にこれに乗るんですか。おれたちはともかく、フリンさんも？」

「乗るわよ、仕方がないじゃない。家畜連れの怪《あや》しい三人組だもの。普通《ふつう》の客船は招き入れてくれないわ」

枯《か》れ草《くさ》がはみ出すボードウォークの先には、これまた予想を裏切る乗り物が停泊《ていはく》していた。規模は箱根の観光船くらいでも、作りがやたらシンプルだ。救命ボートを巨大《きょだい》にした上に、一部だけ屋根がついている。甲板《かんぱん》の大半を木箱が占領《せんりょう》し、辛《かろ》うじて雨をしのげそうな場所には、人がぎっしりと集まっていた。

つい先日までお館《やかた》暮らしだった女性が利用するには、いささかワイルド過ぎはしないか。

「すごい！　ナイル川みたいだぞ。殺人事件とか起こっちゃったらどうする？　僕がホームズでお前がコムスンな」

「……おれは介護《かいご》サービスですか」

村田はやる気満々だが、仕切もない大部屋のみの状況《じょうきょう》では、乗員みんなが目撃《もくげき》者だ。名探偵《たんてい》になりきっても空《むな》しいばかり。

「扱《あつか》ってないってどういうことなの!?　きちんとした小シマロンのお金よ。偽貨幣《にせかへい》だなんて言わせないわよ」

フリンが窓口で興奮している。相手の男は眉《まゆ》を上下させ、紙幣《しへい》を受け取ろうとしない。

「どうした、大佐《たいさ》の出番か」

「どこの軍人さんご夫妻かは知らんがね、戦争が始まろうってこのご時世に、シマロン通貨で取引する間抜けはいませんや。国内だけで商《あきな》いしてるわけじゃねェんだ、暴落覚悟《かくご》ではいはい受け取るのは素人《しろうと》くらいのもんよ」

おれたち全員、素人でした。

「素性《すじょう》も知れねェ予定外の客乗せるんだ、金か銀、それか法石でも貰《もら》わんと」

きゅっと口を結び、一瞬《いっしゅん》黙《だま》ったフリンだったが、すぐに左の耳元へと指をやる。おれは思わず視線を逸《そ》らした。女の人がピアスを外す瞬間は、痛そうでこっちが見ていられない。

「これなら満足？」

「ああ、これならもう、充分《じゅうぶん》。釣《つ》りはあげらんねェですけど」

男はにんまりとして貴金属を受け取った。かなりの値打ちだったのだろう。恐《おそ》らく夫からの贈《おく》り物《もの》だ。フリン・ギルビットはどうしてそこまでするのか。

結局役に立たなかった大佐とロビンソンは、空想干し草を咀嚼《そしゃく》中のTぞうを牽《ひ》いてタラップを渡《わた》った。おれたちが乗ると間もなく船は岸を離《はな》れ、緩《ゆる》やかな流れに身を任せる。

夕陽は水平線へと沈《しず》みかけ、辺り一面を蜜柑色《みかんいろ》に染めていた。

防寒具をきっちり着込んでいるとはいえ、夜の始まりはかなり冷える。川の上ならなおのこと、風を防げる壁《かべ》の内側にいたかったのだが。

同じ場所から加わった数少ない乗客は、みな一様に甲板にとどまっている。木箱の陰《かげ》で風を避《さ》け、襟《えり》を立てて互《たが》いに身を寄せ合っている。

「……なんで屋根の下に行かないんだろ」

理由はすぐに判明した。

唯一《ゆいいつ》の船室である大部屋への扉《とびら》を開けると、それなりに暖かい室内には、老若男男《ろうにゃく》が百人以上も屯《たむろ》していたのだ。一癖《ひとくせ》もふた癖もありそうな奴ばかりで、いずれ劣《おと》らぬ悪人面《づら》。薄桃色《うすももいろ》の揃《そろ》いの繋《つな》ぎに身を包んだ連中は、新参者に気づくと一斉《いっせい》に口を噤《つぐ》んで戸口を見た。

二百四の瞳《ひとみ》(充血《じゅうけつ》中)。

こんな熱視線を浴びてしまったら、箱の陰にうずくまりたくもなる。おれだって即座《そくざ》にドアを閉めてこの場を立ち去りたいのだが、背中を向けるのも恐ろしい。

「えーっと、皆《みな》さんはどういうチームなんですかー?」

「ぱかっ、ロぴンちゃんっ」

「だってほら、可愛《かわい》い色のユニフォームだからさ」

慌《あわ》てて小声で制しても、村田健の口に戸は立てられない。なにしろ彼は人の顔などろくに見えていないのだ。またしても恐るべし、ど近眼。

同じ服装だからといって、誰《だれ》もがスポーツマンというわけではなく、同じ制服だからといって、誰もが仕事仲間というわけでもない。でももしかしたら、ピンクが大好きで、とっても気の合う走り屋集団という線も……。

一同は凶悪《きょうあく》な歯を見せて、文字通りゲラゲラと笑った。

「俺等ぁおめーえ、人殺しの集団よーぉ！」

「百人あわせりゃ千人も二千人もぶっ殺してんのよーぉ！」

でたっ、チーム殺人者。

恐る恐る床《ゆか》を見ると、全員の足には鎖《くさり》と鉄球が繋がっている。

「なんてこった……こりゃ囚人《しゅうじん》移送船だよ……」

戻《もど》ろうにも、既《すで》に岸は遠い。珍《めずら》しくフリンが青い顔をして言った。

「……実は私、ちょっとした生理現象が、限界に達しそうなんだけど……」

トイレは部屋の反対側だ。

5

史上最悪の船旅とは、こういう事態のことを指す。

フォンビーレフェルト卿《きょう》ヴォルフラムは剣《けん》を抜《ぬ》き放ち、船尾《せんび》に向かって突《つ》っ走っていた。降り注ぐのは雨ではなく海水だ。船体が大きく左に傾《かたむ》き、濡《ぬ》れて滑《すべ》りやすくなった甲板で、逃《に》げ損《そこ》ねた客が転んでいる。

「早く！　武器の無い者は中に入れ。どこかに掴《つか》まってじっとしていろ！」

これまでの船旅でも災難はあった。海賊に占拠《せんきよ》され奴隷《どれい》扱いされたり、幼児を虐待《ぎやくたい》する暴力夫婦と勘違《かんちが》いされたりもした。

「だが巨大イカは初めてだぞっ⁉」

ヴォルフラムは手入れの行き届いた剣を振《ふ》りかざし、船尾に絡《から》みつく灰色のゲソに斬《き》りかかった。太さは樹齢《じゆれい》百年の古木ほどだ。吸盤《きゆうばん》一つが城の便器よりでかい。

周囲では皆がありとあらゆる刃を用いて、巨大な海産物と格闘《かくとう》している。二刀流の旅の傭兵《ようへい》や斧《おの》を使いこなす冒険《ぼうけん》者、大包丁をふるう料理長、牛刀を引く花板と鉄串《くし》を突き刺《さ》す焼き物担当、斬鉄《ざんてつ》剣の無口な男。

「冷凍食品《れいとう》から生イカまでっ！　冷凍食品から生イカまでっ！」

威勢《いせい》のいい掛《か》け声で頑張《がんば》っているのは、通販《つうはん》好きのおかみさんたちだ。料理修行中の若奥さんだけが、名前入り包丁をおろそうかどうしようか迷っている。

「皆さんあと一息、気張ってくださーい！　イカは脅威《きょうい》であると同時に、我々の貴重な食料ですからー！」

これまで何度も「危険、イカ出没《しゅつぼつ》海域」「ただいま巨大イカ爆釣《ばくちょう》中」の表示は目にしていた。だが、まさか自分が実際に遭遇《そうぐう》するとは思わなかった。

足一本に絡みつかれただけで、大型船が沈もうかという揺《ゆ》れ方だ。これで胴体《どうたい》まで使われたら、間違いなく人間側の敗北だろう。

「やったわ！　嬉《うれ》しいっ。先生、初めてイカがさばけましたー！」

感激した若奥さんの報告と同時に、怪物《かいぶつ》は深海へと潜《もぐ》っていった。帆柱《ほばしら》が折れ、水浸《みずびた》しになった甲板に、切断された第七肢《し》を残して。

人々は互いの健闘《けんとう》を称《たた》え合い、新鮮《しんせん》な切り身を手土産《みやげ》に船室へと消えていった。今夜はイカで一杯《いっぱい》だ。

「軽傷の方はご自分の足で歩いてこちらへ。頭を打った方はその場を動かずに、私が行くまで静かにしていてくださいー！」

やっとのことで危機が去った船内では、戦場の天使フォンクライスト卿ギーゼラが、怪我人《けがにん》達に呼びかけている。彼女に同行した男達は、患者《かんじゃ》の数と居場所を把握《はあく》するために飛び回っていた。

一仕事終えたフォンビーレフェルト卿は額の汗《あせ》を拭《ぬぐ》い、年上の連れに声をかけようとした。

「ギーゼ……」

「貴様等ぁッ！　何をのろのろと動いているか！　怪我人は待っちゃくれんのだぞ⁉」

ぎ、ぎーぜら？

ヴォルフラムは宙で手を止めたまま、古くからの知人を呆然《ぼうぜん》と見た。

「おいそこっ！　訓練で何を教わってきた⁉　貴様の足は何のためにある⁉」

「はい軍曹殿《ぐんそうどの》ッ！　患者を運ぶためでありますッ！」

「答える暇《ひま》があったらさっさと仕事にかからんか！　ぐずぐずするな、走れ亀《かめ》どもがッ！　さあ、お嬢《じょう》さん、額を診《み》せてちょうだい。大丈夫《だいじょうぶ》よ、きっと傷跡《きずあと》も残らないから……あら、閣下」

彼に気づくとギーゼラは、声の質までがらりと変えて微笑《ほほえ》んだ。

「ご活躍《かつやく》でしたね。頬《ほお》に吸盤の一部が吸い付いていますよ」

「つかぬことを訊《き》くが、ギーゼラ……お前の階級は軍曹だったか……？」

「いいえ、違いますよ。そうお役に立てているとは申せませんが、年数だけは長く勤めさせていただいていますから、ありがたいことに士官の位を授《さず》かっておりますけど……あの、それが何か？」

「いっ、いや別に。何でもないんだ」

「軍曹殿というのは、ギーゼラ様の、あだ名ですよ、閣下っ」

船倉から駆《か》け上がってきたつるぴかダカスコスが、息を切らしながら説明する。

「閣下はご存じない、かも、しれませんがっ、自分ら部下に対しては、いつもああです」

知らなかった。

思慮《しりょ》深い濃緑《のうりょく》の瞳、慈愛《じあい》に満ちた眼差《まなざ》しと癒《いや》しの手。青白く冷たい指を持つ優秀《ゆうしゅう》な治癒《ちゆ》者が、あるときは鬼《おに》軍曹だったとは。子供の頃《ころ》からの付き合いだったのに、今の今まで気づかなかった。なんだか裏切られたような複雑な気分だ。

「し、しかしこれはユーリにも教えなくては」

「ダカスコス、無駄《むだ》口を叩《たた》いている場合じゃないでしょう。下に負傷者はいなかったの？」

「ああはい軍曹殿、下には擦《す》り傷程度の者しか。ですが、そのー、キーナンの姿が見あたりません」

「なんですって？　いつからいないの？　まさかイカ足に巻き付かれて、海に引きずり込まれたのかしら……彼に限ってそんなことは考えにくいけど……」

ギーゼラが言葉を濁《にご》すのも頷《うなず》ける。キーナンというのは人相の悪い三白眼の男だ。四人の中では最も腕《うで》が立つと、ヴォルフラム自身も値踏《ねぶ》みしていた。

「それが、あのー、寝棚《ねだな》に荷物がないんですよー。キーナンの服も弓も剣も、もちろん大事な矢立も」

そういえば彼は太くて頑丈そうな筒を、肌身離さず持っていた。

「救命艇《てい》はどうだ」

突然《とつぜん》、口を挟《はさ》んだヴォルフラムに、ダカスコスは反射的に答えた。

「いえ、こういう船なので元々何艘《そう》積んでいたのか……えっ、え、まさか！　ここから陸までどれだけあります!?　一人で漕《こ》いで辿《たど》り着ける距離《きょり》じゃないですよ!?」

「一人なら、無理だろうな」

「待ってヴォルフラム。でも何故《なぜ》、彼が逃走《とうそう》しなければならないんです？　私には理由が思い当たらないわ」

可能性はいくつもあるだろう。

だが目的が、見つからない。

報告に耳を傾け、追って指示を出すことにも疲《つか》れ果てた。

数ばかりは次々と舞《ま》い込むのだが、有益な情報は皆無《かいむ》に等しい。返す言葉も「捜索《そうさく》を続行せよ」ばかりだ。

先発隊がようやくシマロンに入ったが、眞魔国《しんま》面積の十倍はある広大な土地だ。ただ闇雲《やみくも》に捜《さが》しても、追いつける可能性は極《きわ》めて低い。少しでも場所を絞《しぼ》れれば、それだけ確率も高くなる。

フォンヴォルテール卿グウェンダルは白の骨牌《かるた》を暖炉《だんろ》に投げ込み、瞬《また》く間に燃え落ちるのを見守った。長い脚《あし》を組み、爪先《つまさき》を火に向けているが、身体《からだ》のどこも暖まった気がしない。

向こうはこれから冬に入る。防寒の備えはあるだろうか。

彼は種族を問わず好かれる質《たち》だし、幸いなことに庶民《しょみん》の育ちだ。街の者に紛《まぎ》れて過ごすのを少しも苦痛と感じないだろう。その点だけが救いだった。

貴族としての生活しか知らない者は、無意味な自尊心に支配されることも多い。敵対している人間の中に放り込まれれば、たとえ善意の手が差しだされても、あえて拒《こば》むこともある。

ユーリは人間と交わることに躊躇《ためら》いがない。あの調子で、好意を素直《すなお》に受け入れれば、少なくとも凍《こご》える心配はないだろう。これまでの行動から想像すると、逆に誰《だれ》かを助けているかもしれない。

執務室《しつむ》に人がいないのを確かめてから、グウェンダルは苛立《いらだ》ちとともに呟《つぶや》いた。

「……何処《どこ》にいる」

双黒《そうこく》の価値と危険を認識《にんしき》しているだろうか。髪《かみ》と瞳《ひとみ》はしっかり隠《かく》せているか。我々と両シマロンの関係は把握しているか。教育係はどこまで詳《くわ》しく教えていただろう。

こうなってくるとユーリの補佐《ほさ》と教育を、フォンクライスト卿任せにしていたことまで悔《く》やまれる。もう少し関《かか》わっておくべきだった。むしろ全《すべ》て自分が取り仕切れば良かったのだ。

全速力で廊下《ろうか》を走る靴音《くつおと》が響《ひび》き、部屋の近くでゆっくりになった。兵達も皆《みな》、時間を惜《お》しんでいる。一刻も早く王を見つけだしたいのだ。

「よろしいですか、閣下」

「走って構わんと言ったはずだ。落ち着いたふりなどしなくてもいい」

「……はい」

襟章《えりしょう》の色は王城警備隊だが、先程《さきほど》までとは違う顔だ。担当する地域が異なるのだろうか。細身の男は机まで歩み寄り、目を伏《ふ》せたままで二枚の紙片を差し出す。

「申し上げます。本日午後、我々の拠点《きょてん》ではなく城下の民間通信商詰《つ》め所《しょ》に、このようなものが届きました」

「民間通信商に？」

「はっ。『白鳩《しろはと》飛べ飛べ伝書便』と申します通信組織がございまして、文書をつけた鳩を飛ばし、距離で計算した金額を受け取るという、何ともよく考えた商売で」

「それは知っている」

各国が独自に使う軍事的情報通信網《つうしんもう》と比べると、早さと確実さにおいては格段の差がある。しかし「白鳩飛べ飛べ伝書便」の利点は、世界中に拠点があることだ。民間商業組織だから、敵国も何も関係ない。その土地の主と契約《けいやく》を結び、金額面で合意に達すれば詰め所を建てる。ここ数年で需要《じゆよう》も順調に伸《の》び、主要な都市には必ずといっていいほど窓口を持っている。

彼等は鳩の道を熟知しており、中継《ちゆうけい》地点をいくつも通過して、世界中のあらゆる都市へと文書を送る。基本的に客は選ばない。魔族《まぞく》であろうが人間であろうが大切な依頼《いらい》人だ。

「小シマロンから八カ所で鳩を代えているのか。こちらはカロリアから……カロリアだと？」

二通のうちの一通は、風雨のせいか文字がかなり掠《かす》れていた。読めないというほどではないが、署名らしき部分はすっかりインクが広がっている。内容は、小シマロン領カロリア自治区にて、陛下と連れの者を確認したとのことだ。この通信は逆に問い合わせていた。

『それにしても陛下は相変わらずかわいらしい。しかし何故《なにゆえ》、護衛もなく旅をされているのか、その点をご説明願いたし』

もう一通は小シマロン本国からだ。こちらのほうが発鳩《はつきゆう》が一日遅《おそ》く、文も殴《なぐ》り書きに近かった。

『……子供二人きりでの旅は、少し危険過ぎやしないか？』

姓名《せいめい》ははっきりとは記されていないが、紙の右下の符牒《ふちよう》には覚えがある。

フォングランツ卿アーダルベルト、国を捨て、魔族を裏切った男のものだ。

「アーダルベルトと接触《せつしよく》しただと!?」

「え!?　それは非常に危険なのでは」

宛名はコンラート・ウェラーとなっている。人間風の呼び方だ。おそらく差出人は二人とも、コンラートの悲劇的な状況《じょうきょう》を報《しら》されていないのだろう。

差出人のこと以上に、子供二人という表記も気にかかる。同年代の少年と一緒《いっしょ》なのか、それともっと幼い道連れなのか。ユーリのことだから、小さな人間を保護したまま、結局世話し続けているのかもしれない。例によって、例のごとしだ。

あまりに情報量が少なくて、かえって不安が増すばかりだが、しかし一通目の通信によれば少なくともカロリアは通過したわけだ。

カロリア自治区からなら、動ける先は限られてくる。小シマロンが宗主国《そうしゅ》である以上は、大シマロン本国には行きづらいだろう。

フォンヴォルテール卿は靴《くつ》を鳴らして立ち上がり、卓上《たくじょう》に勢いよく地図を広げた。何ヵ所も書き込みのある大陸の中央に、カロリア自治区は位置していた。まるで忘れられていたみたいに、そこだけまったくの無印だ。

「小シマロンに向かっている全隊に告げろ。到着次第《とうちゃくしだい》、カロリアに繋《つな》がる道程すべてを監視《かんし》！　また平原組はじめ隣接《りんせつ》地域では、どんな些細《ささい》な情報も逃《のが》さぬように」

男が小走りに退去すると、グウェンダルはもう一度文書を読み直した。今度は暖炉に投げ込まず、自分の懐《ふところ》の隠しにそっとしまう。

フォングランツ・アーダルベルトは危険な男だが、こうしてわざわざ報せてきたくらいだ、今すぐユーリに手を下すようなことはないだろう。だったらいっそ口実をつけて囲い込み、我々が行くまで保護してくれれば助かるのだが。

「……虫が良すぎるか」

自嘲《じちよう》気味に呟いて、彼は暖かく孤独《こどく》な部屋を空にした。


フォンカーベルニコフ卿アニシナの特設研究室は、血盟城の地下にある。急遽《きゆうきよ》用意した場所なので、いろいろな部分が突貫《とつかん》工事である。しかし防音だけはきちんとしておかないと、夜ごとの悲鳴で城の住人達がうなされる。だからこそ扉《とびら》は重くて厚いのだ。それを開くと波が防波堤《ぼうはてい》を越《こ》えるみたいに、一気に騒音《そうおん》が押し寄せてくる。

「いやだぁぁーっきっとコロサレルーう！」

穏《おだ》やかではない。

グウェンダルは背中で扉を閉めてから、悲鳴の主を目で捜した。

年嵩《としかさ》の女の膝《ひざ》に取りすがって、見慣れぬ子供が泣き叫《さけ》んでいる。フォンカーベルニコフ卿の言いつけに背《そむ》くわけにもいかず、かといって坊《ぼっ》ちゃんを辛《つら》いめに合わせたくはない。乳母《うば》はオロオロするばかりだ。

グレタが子供の傍《そば》に来て、屈託《くったく》のない笑顔《えがお》で話しかけた。あの子の笑顔も久しぶりだ。自分よりも小さい幼児が連れてこられたので、お姉さん本能に火がついたのだろう。

「まだちっちゃいねー、ぼくいくつー？　みっつ？」

「……十二歳」

「ええっ嘘《うそ》だぁ、十二歳⁉　グレタよりも年上なの⁉」

「魔族の成長は個人差が大きいですからね。けど彼はまあ標準的ですけれど。ああ、ちょうど良かった、グウェンダル」

ベテラン実験台である幼馴染《おさななじ》みを見つけると、アニシナは踵《かかと》を鳴らしてやってきた。高い位置で結《ゆ》った赤毛は本日も燃えていて、夏空を思わせる水色の瞳は涼《すず》やかだった。

「紹介《しょうかい》しましょう。とりあえず実験のために来ていただきました。フォンウィンコット家の次期次期跡《あとと》取り、リンジーくんです。続柄《ぞくがら》でいうと、スザナ・ジュリアの甥《おい》にあたります。現在ご存命中のフォンウィンコット家の人々の中で、もっとも血が濃《こ》いのが彼なのです。恐《おそ》らくこれでウィンコットの毒の効果が明らかに！　あ、血が濃いというのは肉ばかり食べてるからではありませんよ」

まくし立てられてグウェンダルは、「白鳩飛べ飛べ伝書便」の件を切りだせなくなってしまった。まあいいだろう、今ここで公開したところで、鳩の帰巣本能について延々と語られるのがおちだ。

グレタには後でこっそり見せてやればいい。父親思いの娘《むすめ》だから、ほんの僅《わず》かでも足跡《そくせき》が判《わか》ったと聞けば、少しは元気もでるだろう。

おキクギュンターは地下室ながら日の差し込む窓辺に置かれ、両目半開きのままで沈黙《ちんもく》していた。耳を澄《す》ましてよくよく聞くと、ぷぴーよぷぴーよという独特の呼吸音が漏《も》れている。

「なんだこれは」

「寝《ね》てるんだよ。おキクって、立ったまま寝るんだね」

グレタが日なたに座りながら言った。突《つ》っ込みどころは人形の姿勢よりも、夢にでそうな半開きの瞼《まぶた》ではないか。いずれにせよ、自分の肉体を取り戻《もど》すための実験なのに、ヒロイン（おキク）が眠《ねむ》りこけていていいのだろうか。

アニシナが幼児に近寄ると、フォンウィンコット・リンジー坊《ぼう》やはいっそう激しく泣いた。薄茶《うすちゃ》の髪《かみ》が少女みたいに伸ばされていて、涙《なみだ》で頬《ほお》にはり付いている。超《ちょう》高音で泣き叫ぶと、乳母が慌《あわ》てて背中をさする。

「うわぁあぁん、毒女《どくおんな》アニシナだぁあぁ！」

「……なんですか、あなたは！　十二にもなって毒女アニシナが怖《こわ》いとは」

「だって子供の内臓を取り出して食べちゃうんだよー」

自分を主人公にしたばかりに、ここまで子供に嫌《きら》われようとは。グウェンダルは潑剌《はつらつ》とした幼馴染みの背中を眺《なが》めた。本日もやる気満載《まんさい》だ。

毒女アニシナとして子供を怯《おび》えさせるのが、心の底から楽しい様子。

アニシナ嬢《じょう》は腰《こし》に手を当てて、命令口調で言った。

「お黙《だま》りなさい！　でないと本当に髪の毛を剃《そ》って、頭の皮をつるんと剝《む》きますよっ」

「うわぁぁーん！　怖いぃーぃっ！」

リンジーは乳母の膝に顔を埋《う》めて泣きじゃくった。すかさずアニシナがたたみかける。

「それからどうされるか、続きを知りたくないのですか」

子供の泣き声が一瞬《いっしゅん》止まる。リンジーは怖《お》ず怖ずと頬を離《はな》し、怯えた視線をアニシナに向けた。

「ど、どうなるの？」

「頭蓋骨《ずがいこつ》をノコギリでゴリゴリ切ります！」

「うわぁぁーん！　痛いぃーぃっ！」

彼女の口からそういう言葉がでると、本当にやりそうに見えるからいっそう恐ろしい。生きている者を相手に行《おこな》ったことはないが、死体相手なら実際に魔動《まどう》ノコギリも使ったことがある。

子供は一頻《ひとしき》り想像して痛がると、今度は自分から顔をあげて訊《たず》ねた。

「……それからどうなるの？」

「切った頭蓋骨を蓋《ふた》にしてパカッと開けて、中にある脳味噌《のうみそ》を塩漬《しおづ》けにします！」

「うわぁぁーん！　しょっぱいー！　……それで？」

結構、ストーリーテラーだった。

毒女アニシナ第三弾《だん》のあらすじを聞くことで、フォンウィンコット・リンジーはどうにか涙が治まった。人間の目には三歳児にしか見えないが、魔族なので年齢《ねんれい》は十二を超《こ》える。彼こそが人間達が捜《さが》していた、ウィンコットの末裔《まつえい》その人だった。そうはいってもまだまだ子供なので、あまり極端《きょくたん》な実験もできない。

ではごく簡単な確認《かくにん》から。ウィンコットの毒とやらの効果が、本当に毒殺便覧に掲載《けいさい》されていたとおりなのかを調べようと、リンジーを雪ギュンターの前に連れて行く。

雪ギュンターは半分くらい毒に侵《おか》されているので、完璧《かんぺき》ではないにしろこの子供の命令をきくはずだ。

乳母に背中を押されたリンジーが、無意識に雪ウサギに手を伸《の》ばす。

「わっ⁉」

バネ仕掛《しか》けみたいな勢いで、雪ギュンターがびよんと起きあがった。あまりに力が強すぎたのか、まだ反動で前後に揺《ゆ》れている。

「ゴシジユ、メレ。ドゾ」

「うわーぁ……」

子供は早くも涙目だ。背の高い超絶美形がいきなり起きあがり、略語で話し始めればそりゃ驚《おどろ》くだろう。厄介《やっかい》なことに全裸《ぜんら》だったので、後ろにいた乳母もやっぱり涙目だ。嬉しくて。

「これ、言うこときくの？」

「そのようですよ。素晴《すば》らしい！　どうやら毒殺便覧は正しかった様子。ウィンコットの毒によって半死半生となった者は、やはり同じくウィンコットの者に忠誠を誓《ちか》う、と」

「ねー何か命令してもイイ？」

「構いませんよ。あまり無理なことをさせなければ」

フォンウィンコット・リンジーは、まず単純に「歌え」と命じてみた。すると雪ギュンターは前衛的な節回しで唸《うな》ってくれた。ただしその歌声のせいで、これまで隠《かく》していた音痴《おんち》がばれてしまった。

調子に乗ったリンジーは、まるで王にでもなったみたいな気分で、大胆《だいたん》な命令を告げてしまった。

「雪ギュンター、毒女アニシナを倒《たお》しちゃえ！」

「リョカー、イ」

グウェンダルがまずいと思った時には遅《おそ》かった。倍ほどもある身体《からだ》の超絶美形が、ぎこちない動きながら小柄《こがら》な女性に掴《つか》みかかったのだ。直前まで鮮度《せんど》を保つために、雪や氷漬けになっていたにしては立派な速度だ。

グウェンダルは幼馴染みを庇《かば》うため、二人の間に割って入ろうとした。しかし一歩間に合わず、ウィンコットの毒に操《あやつ》られた抜《ぬ》け殻《がら》は、アニシナの胸ぐらをつかんでいた。この体格差とこの握力差《あくりよく》の相手に襲《おそ》いかかられては、いくら赤い悪魔《あくま》・アニシナといえども……

「手加減はできませんよっ⁉」

彼女は両腕《りょううで》を交差させて思い切り開き、雪ギュンターの手を外した。小柄な身体を生かして懐《ふところ》に入り、下から突き上げるように顎《あご》を殴《なぐ》る。首筋を晒《さら》して仰《の》け反った操り肉体に、高い位置への強烈《きょうれつ》な回し蹴《け》りだ。

これで相手は部屋の隅《すみ》まで飛ばされた。

「すごい、すごいや！　毒女アニシナ！　アニシナが一番強いんだね⁉」

まだ倫理《りんり》観を学んでいないお子様は、何の邪気《じゃき》もなく大喜びだ。

6

なんということでしょう！　トイレに行くには、殺人者集団の屯《たむろ》する部屋を横切って、反対側まで歩かなければならないのです。

匠《たくみ》の技《わざ》でどうにかしてくれないものかな、とリフォーム好きのおれは祈《いの》りたくなった。

「……我慢《がまん》できそうにねえの？」

「今は耐《た》えられてもすぐにまた限界がくるわ……ちょっと、女になんてこと言わせるのっ」

「旅は人間を親しくさせるねえ。生理現象のことまで語り合える仲になれるとは」

旅の仲間三人は額を寄せて話し合っていた。

「この際だフリンさん、川で足しちゃうってのはどうだ。一人で恥《は》ずかしいならおれたちも付き合うぜ！」

「あっそれいいねー、きっと気持ちいいよー？」

「いやよ絶対いやーっ」

拒《こば》む気持ちもよく解《わか》る。

男達にとっては当たり前の行為《こうい》でも、女性には屈辱《くつじょく》的だろう。しかし羞恥心《しゅうちしん》と命の危険では、どちらを重要視するかは火を見るよりも……。

「洗面室を使えないなら、死んだほうがましよ！　なんとかして道を開けさせてちょうだい。ほらあの、トーキョーコミックショーとかいう奇術《きじゅつ》で」

野郎《やろう》二人はびっくり仰天《ぎょうてん》だ。正しい名前を言い当てられたことではなく、おれたちが百余人の囚人《しゅうじん》を相手に、交渉《こうしょう》しなければならないことに。

「無理、むりむり！　相手が軽犯罪法違反《いはん》者くらいならまだしも、殺人だよ？　しかも全員で千人もの命を奪《うば》ってるんだぞ？　アメリカなら懲役《ちょうえき》三百年だよ。そいつら相手におれに何ができるって……」

「なーにをもじゃもじゃ相談してるんだぁ子羊ちゃぁん」

薄紅色《うすべにいろ》の繋《つな》ぎの囚人達は、下卑《げび》た笑い声をたてた。子羊ちゃんとは失礼である。代行とはいえ小国を三年も治めていた人だ、そんなふうに呼ばれたらフリンだって怒《おこ》るだろう。

「ンモっ？」

と思ったらTぞうが前へと進み出た。なるほど、確かに子羊ちゃんだ。

「便所を使いてぇんなら、とっとと使やぁいいじゃねーかーゲラゲラゲラ」

「俺等が邪魔《じゃま》で通れねえってんなら乗り越《こ》えていきゃぁいいじゃねーかゲラゲラゲラ」

「……ンモふーっ」

おれの左脇腹《ひだりわきばら》の辺りで、羊が鼻息を荒《あら》くし始めた。背中が細かく震《ふる》えている。

らしている。

「ど、どうしたTぞう」

綱《つな》を引いて止める間もなかった。毛を膨《ふく》らませて威嚇《いかく》したと思うと、次の瞬間《しゅんかん》にはもう室内に駆《か》け込んでいた。原付程度だった身体は大型バイクくらいにもなり、蹄《ひづめ》を凶器《きょうき》に男達を蹴散《けち》らしている。

千人殺しの囚人達は、悲鳴をあげて部屋を逃《に》げ回った。だが、鎖《くさり》と鉄球がついているので、あまり素早《すばや》くは動けない。中には仲間の鉄球に足を潰《つぶ》され、涙《なみだ》ながらにうずくまる者もいた。船は異様に揺れて、舵取《かじと》りの船員までが慌《あわ》てて見に来たほどだ。

「な、なんでTぞうが……」

「驚いたなー、こいつ羊の皮を被《かぶ》った狼《おおかみ》だったんだ」

村田、お前って……もう突っこむ気にもなれない。強面《こわもて》で屈強《くっきょう》な囚人達が跳《は》ね回る様に、見に来た船員も笑っている。

「羊の前で笑うなとか羊たちの反乱って言葉があるが。一頭でこれなんだから集団になったらさぞや怖《こ》えぇんだろうなぁー」

異文化 諺《ことわざ》だ。

散々暴れ回ってから、Tぞうは悠々《ゆうゆう》と帰ってきた。鼻息までも満足げだ。この隙《すき》に乗じてトイレを済ませたフリンも、すっきりした顔で戻《もど》ってきた。どちらも「今日のところはこれくらいにしといてやらあ」と言いたそうだ。

これ以上、男サロンにいても仕方がないので、おれたちは冷え込み始めたデッキに戻った。彼等に負けない自信がついたところで、この密集具合じゃ室内では寝《ね》られそうにない。たとえ隅っこに入れてもらえても、割り当てスペースはギリギリ体育座り分だ。だったら冬の星座でも歌いながら、寒空に寝袋《ねぶくろ》で横たわるよ。

「待てい」

時代劇風に呼び止められて、三人ともビクリと歩みを止める。ゆっくり慎重《しんちょう》に振《ふ》り返ると、奥まった場所に陣取《じんど》る親分格の男に向けて、一直線に道ができていた。座ったままなので正確には判《わか》らないが、二メートルは軽く越そうという大柄《おおがら》な男だ。刑務所《けいむしょ》の食糧《しょくりょう》事情が良かったのか、肩幅《かたはば》も胸板も相当なものだ。彼にあだ名をつけるなら、おれだったらストレートに「人間山脈」。

青刈《あおが》り状態の頭部には、X型の傷があった。

「隊長殿《どの》からお話があーる！　近《ちこ》う寄れ」

三人して尻込《しりご》みしているうちに、Tぞうが威嚇目線で歩きだしてしまった。肉体的な性別は雌《めす》なのに、まったく男前な動物だ。

山脈隊長は逞《たくま》しい足で胡座《あぐら》をかき、膝《ひざ》の間に丸い物を抱《かか》えている。よく磨《みが》き込まれて飴色《あめいろ》につやめく球を、絶えず掌《てのひら》で撫《な》でていた。ん？　真ん中辺に空洞《くうどう》があるぞ。ちょうど霊長類《れいちょうるい》の眼窩《がんか》の位置に……。

「頭蓋骨《ずがいこつ》!? 人骨じゃないのそれ!?」

「これはテリーヌさんじゃ」

側近もしくは知恵袋《ちえぶくろ》らしき老人が代わりに答えた。わかりやすい山羊髭《やぎひげ》。

「隊長殿が殺《や》った者達の亡骸《なきがら》から、一人だけ連れてきたそうじゃ。だが正直言うと……その時既《すで》に白骨化してたちゅーことは、もっと前に殺られた可能性が高いんだがの」

最後のほうは、内緒《ないしょ》の囁《ささや》きだ。ではテリーヌさんの心境からすると、怨《うら》み骨髄《こつずい》ということなんじゃないの? 実際にはもう「骨」だけになっているのだが。

山脈隊長は血も凍《こお》りそうな黄土色の目でおれたちを睨《にら》みつけ、でもすぐに視線を膝の間の髑《どく》髏《ろ》さんに戻してしまった。そして、どすのきいた声で話しかける。

「こいつらに訊《き》きたいことがあるんでしゅよねー、テリーヌしゃん」

……頭蓋骨に。

「……て、テリーヌしゃんって」

しかも、でしゅよねーって。その迫力《はくりょく》ボイスで言われると、和田アキ子が松浦亜弥《まつうらあや》の曲を歌うくらいの違和感《いわかん》がある。個人の嗜好《しこう》の問題だから、咎《とが》め立てはしませんが。

「特にこの女の人。この人とどっかで会った気がするんでしゅよねー、テリーヌしゃん? だからこの人がどこの誰《だれ》なのか、テリーヌしゃんとっても知りたいでしゅよねー?」

「私? 私には頭蓋骨と会話する知り合いはいないわ」

二百二の瞳《ひとみ》から厳重抗議《こうぎ》。

「隊長をバカにすんなー！」

「俺等にとっちゃ隊長もテリぼんも大切なんだぞーぅ！」

「哀《あわ》れみの目で見るなぁー！」

「キモイとか言うなぁー」

言っていない。ていうか、テリぼんて何だよ、テリぼんて。

羊（の皮を被った狼）がいるから強気なのか、フリンはいかにもご婦人が使いそうなフレーズで応じた。顎《あご》を突《つ》きだして猪木《いのき》顔。

「ひとに名前を尋《たず》ねるときは、まず自分から名乗るも……」

「やあこんばんみ。僕はロビンソンです。そしてこちらはクルーソー大佐《たいさ》」

「こんばんみー」

「ちょっとっ、私が訊かれたのよ!?　私よっ？」

さっくりぽんと無視されて、慌てるフリンが可笑《おか》しかった。おれと村田を交互《こうご》に見て、自分を指差すポーズも可愛《かわい》い。五つ以上年上の女性に向かって、可愛いってのも失礼な話だが。

「私の名前はフリンよ。フリン……姓は言わないけど」

山脈隊長の凄味《すごみ》のある顔が、ぱっと明るくなる。

「やっぱりお嬢《じょう》さんみたいだよテリーヌしゃん!?　あの白金の髪《かみ》と気の強い性格、しかも名前がフリン。やっぱ平原組のフリンお嬢さんだったよ！」

「うおー、お嬢さーん！」

「お嬢さーん！　お嬢さーん！」

「な、なぁに？」

今度はおれたちがのけ者にされる番だった。山脈隊長組はお嬢さんコールを熱く繰《く》り返す。

「幼いお嬢さんの笑顔《えがお》でどれだけ癒《いや》されたことか」「お嬢さんがいなかったら自分、平原組を卒業するこたできネがったっすよ」「骨折した腕《うで》に幼いお嬢さんが巻いてくれたハンカチ、今でも宝物っスよ」「特に役には立たネがったけどもね」「訓練厳しくて疲《つか》れ切った俺等にお嬢さんが飲ましてくれた泥《どろ》スープ。翌日のこの世の物とは思えねえ下痢《げり》……忘れようっても忘れられねーっスよ」

「好いているのか恨《うら》んでいるのか、はっきりしてちょうだい」

少女時代のフリンの功罪が、更《さら》に延々と並べ立てられる。おれは頃合《ころあ》いを見計らって、山羊髭老人にそっと尋ねた。

「囚人の皆《みな》さんの殆《ほとん》どが、平原組で訓練受けた卒業生ってこと？」

「そうだ。もちろんワシもな」

「てことは全員、元兵士なんだろ？　どうしてまた殺人なんかやっちゃったんだ。人を殺すのが最も重い罪だって、幼稚園児《ようちえんじ》でも知ってることだろうに！」

「何を言うかね。ワシらは戦場と酒場以外では、誰《だれ》一人傷つけたことはないぞ」

「だって、じゃあ何で囚人《しゅうじん》移送船に乗せられてるんだよ。鎖と鉄球つけられてさ」

「負けたからだ」

円を描《えが》くようにテリーヌを撫でながら、山脈隊長がぼそっと真顔で言った。それきりまた髑髏に話しかける人に戻ってしまう。頭部のX傷が物悲しい。部下達はまだフリン・平原組の思い出を挙げ連ね、一方的に盛り上がっていた。

Tぞうが低く唸《うな》り始めた。敵と認識《にんしき》した集団が、活気づいているように感じたのだ。少しでも自分を大きく見せるために、羊毛を精一杯《せいいっぱい》逆立てている。これだけ闘争心《とうそう》剝《む》き出しだと、こいつが羊の皮を脱《ぬ》ぎ捨てる日も、遠くはないように思えてくる。

でもおれには、彼等が騒《さわ》げば騒ぐほど、それがみんな空元気に聞こえてならない。もう闘争心なんて残っていないけれど、集団で行動できるので、辛《かろ》うじて威勢《いせい》よく見せかけていられる……そう思えてならない。

「ワシら皆、シマロンに負けたんじゃよ。あらん限りの力で闘《たたか》ったんだが、結局、数には勝てなかった。それから八年、ネマ・ヴィーア島の収容所で痛めつけられ、やっと大陸北側のケイプに移されるんじゃ」

山羊髭は首と肩《かた》の関節を鳴らし、曲がりかけた腰《こし》も伸《の》ばした。

「ケイプは年寄りにはいいところだと聞いたよ。北端《ほくたん》の割には寒さも緩《ゆる》やかで、労働もそう過《か》酷《こく》でないって話じゃ。ロンガルバルの河口近くの肥沃《ひよく》な土地で、ゆっくりと作物が育てられるとか。負けて戦えなくなった兵士には、天国のような場所かもしれんの」

「テリーヌたんもケイプに住みたいでしゅかー。もちろん隊長も一緒《いっしょ》でしゅよー」

「……みんな合わせると二千人って、戦争で死んだってことなのか……」

この薄紅色《うすべにいろ》の服を着た集団は、実際に戦場の只中《ただなか》にいたのだ。それもおれの祖父母の時代ではなく、ほんの数年前の話だ。命令されて、死にたくないから戦って、目の前でどんどん命が消えていく。その中のいくつもが仲間のもので、いくつもが敵の兵士のものだ。そして確実にいくつかは、彼らが奪《うば》ってしまった命だ。殺したんだ。同じ人間を。

考えるだけで気分が悪くなり、浮《う》かんだ光景を脳裏《のうり》から追い払《はら》う。深刻なドキュメンタリーなんて見るものじゃない。知らなければ想像せずに済んだのに。

「……渋谷」

「ああ、なに」

「今にも吐《は》きそうな顔してるよ。外に出よう、風に当たったほうがいい」

「そうかも……でも、ああそうだ、フリン！　フリンさんどうする!?　未亡人ったってまだまだ若いんだし、こんな男の巣窟《そうくつ》に女性一人残しておけないだろ」

フリン・ギルビットのことを考えると、胃にかかった不快感が少し和《やわ》らいだ。何故《なぜ》だろう、彼女はおれたちを散々な目に遭《あ》わせ、それを餌《えさ》に大シマロンと取引しようとしているのに。

「なあフリンさん、もうトイレ終わったんだから。積もる話もあるだろうけど、それはまた明日に回してさ、寒いけど寝袋《ねぶくろ》でどうにか過ごそうぜ」

彼女自身もそう考えていたのか、短く適当に暇《いとま》を告げて、出口に向かって歩こうとした。

「そんな、お嬢さんを寒いとこで過ごさせるわけにゃいかねえ！」

「そうだそうだ、お嬢さん是非《ぜひ》とも部屋ん中にいてくだせえよ」

「俺等と一緒にいてくださいよ」

「……え」

フリン・ギルビットは口籠《ご》もり、らしくなく視線を宙に彷徨《さまよ》わせた。優柔不断《ゆうじゆうふだん》な女ではないのに、暖かい室内に未練があるのか、迷うような仕草を見せる。

「あんたらなッ」

おれは彼女の腕を摑《つか》み、強引に戸口まで引っ張った。開けっ放しのドアの先を向いているので、誰を相手に言っているのか自分でも判《わか》らない。

「お嬢さんと昔の学生達って、文学作品みたいでちょっと憧《あこが》れるけど。だからって現在は人妻と囚人、美女と野獣《やじゆう》に他ならねぇの！　妙齢《みようれい》のご婦人を、こんな野郎《やろう》どもばっかの溜《た》まり場に残して、ハイそうですかサヨーナラって立ち去れないでしょ」

「なんだ新参者が事情も知らずに」

「お嬢さんは俺等の心の恋人《こいびと》なんだ、ガキにゃ口出しされたくねーや！」

魂《たましい》だ。

「あのなっ」

勇敢《ゆうかん》な羊が牙《きば》の代わりに前歯を見せた。へなちょこにも勇気、モテない男子にも五分の魂《たましい》だ。

一番太い血管を熱が駆《か》け上り、顔が急激に熱くなった。

「心の恋人とか言ってっから困るんじゃないか。いっそお袋《ふくろ》ぐらいまでになっちゃってりゃ、こっちも安心して見てられるんだよッ。心の段階で我慢《がまん》できるって保証が、今のあんたらのどこにある!?」

数秒間だけ静まり返る室内。

「……ってなんだそらぁ、俺等がお嬢さんに手ェ出すとでも言いてぇのかよぉウラぁ」

「ってかそもそもオメェ、お嬢さんの何なのさー」

「おれは」

作業用ズボンの尻《しり》ポケットには、灯《あか》りにきらめくノーマン・ギルビットの覆面《ふくめん》があった。それを印籠《いんろう》がわりに掲《かか》げて、夫代理と明言すればいい。誰《だれ》もが納得《なっとく》する正しい理由だ。恐《おそ》らくフリン・ギルビット本人も。

切り札に指をかけようとして、一瞬《いっしゅん》の迷いの後に急遽《きゅうきょ》やめる。

細い手首を掴んでいるのは、銀の仮面の男じゃない。

「……旅の仲間だろ」

「おっと」

村田が唇《くちびる》を曲げて呟《つぶや》いた。

「ファンタジーらしくなって参りましたよ」

「だいたいなぁフリンさん、あんたもあんただ！　いくら往時のお嬢《じょう》さんだからって、いい年してチヤホヤされすぎ！　マイク渡《わた》して下からスモーク焚《た》いたら、調子に乗って歌いそうな顔してたぞ⁉」

「いい年してってなによ、失礼ねっ」

元平原組の連中も、フリンの二の腕を掴んでいる。結構純情な奴等《やつら》なのかもしれない。

「とまあ、こうなったら、例によって大岡裁《おおおかさば》きですか。愛する者を引っ張り合って、勝った方が本当の母親であーる！　という」

村田、それ前にも体験した気がする。おそらく午後四時台の再放送だろう。

「私はこの二人と外で休みます」

フリンが囚人の手を払い、おれたちと一緒に戸口を潜《くぐ》った。背後ではそんなーという失望の声。気の毒だけど仕方がない。

「いいのか？　こっちについて来ちゃって」

「あのね大佐《たいさ》。私はあなたを失うわけにはいかないのよ。大シマロンとの取引を全うするためには、ここで逃《に》げられるわけにはいかないの。二人きりで自由に寝《ね》させたりして、翌朝には影も形もなかったらもう……ああっ死んでも死にきれない」

考えただけで不愉快《ふゆかい》になってしまったのか、彼女はぶるっと肩を震《ふる》わせた。風を遮る木箱の陰《かげ》に場所を見つけ、おれたちは荷物をそこに移し始めた。空はもう充分《じゅうぶん》に暗く、頭上には星も瞬《またた》いている。

真の意味での旅の仲間、おれのデジアナGショックに尋《たず》ねると、二十四時間制では現在十九時。夕食各自自由のフリープランな船旅のため、店で仕入れておいた携帯食《けいたい》を黙《だま》ってかじる。Tぞうは別段不満もなさそうに、乾燥《かんそう》飼料を丁寧《ていねい》に咀嚼《そしゃく》していた。

羊五頭分もした寝袋にくるまって、フリンがさっさと寝てしまうと、おれと村田は特にすることもなく、ぼんやりと夜の光景を眺《なが》めていた。

黒い川面に映った船の灯《ひ》は、脇《わき》に寄り添《そ》って揺《ゆ》れている。

「村田」

「んー？」

汚《よご》れた黄色のシュラフから、顔だけ出している。

「……なんでおれたちだけ二人用の寝袋なんですかね……」

「さあ。雑魚寝《ざこね》でいいと判断されたんじゃないにょほー」

「雑魚寝とは微妙《びみょう》に違《ちが》うような……なあ、寝るなっ寝たらおれが淋《さび》しいじゃないか。なあ村田、ムラケンくーん。東京マジックロビンソン！」

その名前で呼んでも、寝惚《ねぼ》け鼻歌でオリーブの首飾《くびかざ》りを歌ってくれただけだった。

「お前さぁ、なんで煙《けむり》の出る瓶《びん》なんか持ってたの？　子供の頃《ころ》、スパイセットとか常備してたタイプ？」

「貰《もら》ったんだよ」

「どこで、いつ、誰に。まさかアマゾネスシートベルトから？」

「ちがう。フリンさんち。最初のばん。真っ暗でネズミがいたとき。蠟燭《ろうそく》と一緒にもらったんだよ。背が高くてかっこいい人に。なんか渋谷の知り合いだって言ってたよ」

「背が高くてかっこいいおれの知り合い⁉」

　コンラッドだ！

　反射的に身を起こす。

　一瞬でおれの脳味噌《のうみそ》はスパークし、背骨の付近を言い知れぬ何かが駆け上った。胸の支《つか》えがすっと取れて、たちまち呼吸が楽になる。世界中の新鮮《しんせん》な空気を、いくらでも吸えるような気分になる。

　ウェラー卿《きょう》コンラートだ。

　生きてたんだ、生きてたんだ、生きててくれたんだ！　よかった、やっぱり生きていたんだ。おれを残して死ぬはずがない。

　鼻の周りと目頭《めがしら》が温かくなり、むず痒《がゆ》さが顎《あご》まで伝っていった。うとうとしている友人の肩《かた》を摑んで、力の限り揺さぶった。

「話せ、村田っ、詳《くわ》しく話せっ！　な、凄《すご》い剣豪《けんごう》そうな人だろ？　めちゃめちゃ爽《さわ》やかで女にモテそうで、なんかこう恋愛《れんあい》映画では理解ある男前な脇役《わきやく》やりそうな人だろ？　なあ、そうだろ⁉︎　誰に似てた？　有名人では誰に似てた？」

「うーんそんなよく見てないよー、蠟燭薄暗《うす》かったしネズミは怖《こわ》いし初めての夜でガチガチに緊張《きんちょう》していたしー……ベルカンプ、とか」

突《つ》っ込み入れるのも忘れがちだ。

「野球選手で言ってくれよ」

「……うー……ひじょーにこう、掛布《かけふ》……とか」

村田、お前って本当は松村邦洋《まつむらくにひろ》？

でもコンラッド。

睡魔《すいま》に抗《あらが》えず落ちてゆく村田健がサッカー用語で発する寝言を聞きながら、おれは真上の星を眺める。

だったらどうして、今ここに来てくれないんだ。

7

深緑に濁《にご》った水を前にして、おれは密《ひそ》かに悩《なや》んでいた。

久々の夜泣きで充血《じゅうけつ》している目は洗いたい。しかしこの水で洗顔するのは、自ら眼病を呼び込む行為《こうい》だ。カモン結膜炎《けつまくえん》、ウィズ眼瞼炎《がんけんえん》。サングラスを外せば色も変わるかと試《ため》してみたが、ダークグリーンが苔緑《こけみどり》になっただけだった。いっそ思い切って、と決意しかけた時だ。

「うわはっ」

大きな革袋《かわぶくろ》が流れてきたと思ったら、川面《かわも》がばっくりと割れて中から河太郎《かわたろう》が現れたのだ。

「か、カッパ⁉」

濡《ぬ》れて顔に貼《は》り付いた髪《かみ》を掻《か》き分けると、汚《きたな》い水から上がってきたのは、ごく普通《ふつう》の人間の子供だった。

午前中の暖かな日差しの中、彼は見えない向こう岸から泳いできて、誰《だれ》の許可も求めずにデッキによじ登った。船員達も慣れているのか、びしょ濡れの子供が乗ってきても文句も言わない。

白っぽいシャツと半ズボンから伸《の》びる手足は、少年と呼ぶほどの逞《たくま》しさがない。まだ十歳そらいの大きさだ。

こそこだろうか、男の子は牽《ひ》いてきた革袋を、おれの前にそっと置いた。自分の身体《からだ》と同じく

「ども」

アジア系の血を受けた欧州《おうしゅう》人というか……一重目蓋《ひとえまぶた》や小さめの鼻に、どこか東洋的な印象がある。もちろん瞳《ひとみ》は黒ではなく、髪はきついウェーブのかかった赤茶だ。

「カッパーフィールド商店のデビドです。お疲《つか》れさまです船の旅」

「そっちこそお疲れ。荷物の紐《ひも》引っ張って、川岸からずっと泳いできたの？　すげーな」

「何がですか、泳ぎですか？　慣れてますから、仕事ですから」

「それにしたって寒くない？　もうすぐ冬だぜ」

「平気ですよ、乾《かわ》きますよ。すぐです、慣れてます。何かご入り用の物ありませんか？　葉巻ですか、石鹸《せっけん》ですか、何でもあります……羊の餌《えさ》は……代用の物なら探せます」

完璧《かんぺき》な営業スマイルと接客トーク。

フリンは山脈隊長に朝食に誘《さそ》われていて、村田は朝から川釣《つ》りにチャレンジしていた。携帯食料で胃袋《いぶくろ》を騙《だま》してから、おれとTぞうは暇《ひま》を持てあましていた。そうはいっても甲板《かんぱん》でスクワットしているだけでは、精神的疲労《ひろう》の回復は難しい。

身も心も休息を求めている、それは自分でも判っているのだが、あまりに立て続けに衝撃《しょうげき》的なことがありすぎたので、緊張感《きんちょうかん》を解いてゆっくりすることができないのだ。

気分転換《てんかん》にでもなればいいと思って、おれはデビドの広げた商品を覗《のぞ》いた。

「どんなもんがあるの？　土産物《みやげ》とかある？　ご当地名産の食いもんとかさ」

「ありますよ。シマロンマロンなんかどうです、硬《かた》いですよ、美味《おい》しいですよ」

防水加工を施《ほどこ》した革袋から出てきたのは、想像していた栗《くり》ではなかった。三大珍味《ちんみ》のトリュフに似た外見と、鼻をつく懐《なつ》かしい匂《にお》い。

「にがっ、うわ苦ッ！　正露丸《せいろがん》の味じゃん」

どこかに小シマロン貨幣《かへい》があったはずだと、作業用ズボンのポケットを右手で探る。ふと乗船時にもめたことを思い出し、商売人に訊《き》いてみた。

「こういうのしか持ってないんだけどさ」

「ええもちろん、ここ小シマロンですから普通ですよ。お釣りがちょっと足りないですが」

「うんでもさ、戦争が始まると使えなくなっちゃうんじゃねぇの？」

デビドは好感の持てる笑《え》みを見せ、釣り銭《せん》入りの巾着《きんちゃく》を腰《こし》から外した。

「今日明日の食事と明日の仕入れだけで使っちゃうので、戦争が始まるまで手元に残ってるはずがありません」

「仕入れ先まで自分で回るのかあ。偉《えら》いな、信じられないよ。まだ子供なのに」

「とんでもないです」

商人は笑顔のまま片手を振《ふ》る。

「来年はもう十二ですから、兵役《へいえき》があって家族にお金を送れます。でもそれまではこうしてお客さんを捜《さが》して、少しずつ稼《かせ》がないと弟達が飢《う》えてしまいます。でも今日は運が良かったな。いつもは囚人《しゅうじん》移送船だと、他にあまりお客さんが乗ってないんですよ。今日はとてもついてます、お客さんみたいな気持ちのいい大人が乗っていてくれて」

「くそーうまいなあ。えーいもうこの札で買える分だけ買っちゃおうかなっ。その毛の生えたやつも入れといて」

「どうもありがとうございますッ。この紙切りなんかはいかがですか。珍《めずら》しい骨でできてるんですよ」

頭上を鳥の群が通過していった。濁った緑の川面では、アメンボ風の虫がやはり群れをなして滑《すべ》っている。

「最近、妙《みょう》な天気が続きますね」

売れた商品の埃《ほこり》を拭《ふ》き取りながら、デビドが空を見上げて言った。

「変な空ですよ、なんかありますよ、地震《じしん》かなにか。鳥は時季外れに渡《わた》りに発《た》つし、魚は大量に網《あみ》にかかる。この間なんか外海では巨大《きょだい》イカが現れたらしいです。誰も目にしたことがない巨大イカが、どうして急に深海から上がってきたのか……やっぱり何かあるんだと思います。動物にしか感じ取れないような何かが。そのせいかどうかは判《わか》らないけど、村の大人も嘘《うそ》みたいな怖い噂《うわさ》をし始めちゃって。森の中の空き家に幽霊《ゆうれい》が出たとか、葬式《そうしき》があったばっかの墓が荒《あ》らされたとか……」

「おれは地元の者じゃないから知らないけど、この時期の曇《くも》り空は普通じゃないの？」

「普通じゃないのは空だけじゃなくて動物もです。渡りが多すぎますよ。多いと言えば……」

フリンがお茶まで付き合わされている部屋に、心配そうな感想を加える。

「囚人の移送も多いです。去年まではそんなじゃなかったのに」

「なんだかこの川を北上して、河口にあるケイプって場所に移されるんだってさ。そっちは楽園みたいな刑務所《けいむしょ》らしいよ。老後を過ごすのに打ってつけなんだって」

「この前の船もその前も、みんな同じことを言ってました。ケイプに行くって。あそこはいろんな畑があっていいですよ、一年中何かが実ってます。でも変です、囚人が送られるのは変です。だってケイプの刑務所は、二年も前に閉鎖《へいさ》されてるんです。変だなあ」

デビドは変だと繰《く》り返した。おれも疑問には思ったが、所詮《しょせん》、自分達の目的地ではないので、当事者に教えようとはしなかった。連中にはもっと過酷《かこく》な運命が待ち受けていて、それを悟《さと》らせないために、看守や係員が嘘をついているのかもしれない。もしそうなら山脈隊長達には気の毒だが、おれにできることは何もない。

カッパーフィールド商店のデビドは要《い》らん物まで売りつけて、来た時と同様に帰っていった。緑色の濁った水を掻き分け、確認《かくにん》もできない遠くの岸まで泳ぐのだ。やはりかなりカッパ度が高い。けれど来年には彼も十二歳。給料のいい兵役生活に突入《とつにゅう》する。等身大の革袋を引っぱって、冷たく汚い川を泳ぐこともない。

移送される側になるかもしれないが。


先発隊の軌道《きどう》をカロリア国境に修正してから、既《すで》に半日あまりが経《た》っている。最も早い集団は小シマロンに上陸した。また急遽《きゅうきょ》東回りでギルビット商港へ向かった二隊は、カロリア自治区で情報収集を開始しているはずだ。

フォンヴォルテール卿《きょう》は上陸の一報をグレタに教えてやろうと、地獄《じごく》の研究室へと足を向けた。しかし一体何故、自分が足繁《あししげ》く通わなければならないのだろう。国主不在の緊急《きんきゅう》事態において全兵士を統括《とうかつ》し捜索《そうさく》の指揮まで執《と》っている彼が、ろくに進展もない経過報告のために、いちいち出向くのも妙な話だ。

次からはあちらを執務《しつむ》室に呼び寄せよう。グウェンダルはそう決めながら扉《とびら》を押した。

相変わらず防音設備は完璧だ。重い扉が開いた途端《とたん》、大音量が流れ出る。

「んあーっ！　ずるいよアニシ……あぐっ」

押し殺した子供の悲鳴。すわ虐待《ぎゃくたい》かと広い部屋の奥に駆《か》け込むが、いたのは赤くなるまで鼻を摘《つま》まれたフォンウィンコットの末裔《まつえい》、リンジーだった。

「わたくしのことはどう呼ぶように教えましたか」

「はぇふ……ホンカーヘルヒホフひょう……れふ」

「そのとおり。今日初めて会ったばかりの年長者相手に、名前の呼び捨ては礼儀《れいぎ》知らずもいいところです」

さすが、子供の夢に出てくる悪役女性第一位（眞魔《しんま》国総研調べ）だ。たかが呼び方くらいのことでも、子供相手に容赦《ようしゃ》がない。

解放されたリンジーは床《ゆか》に尻餅《しりもち》をつき、浮《う》かべた涙《なみだ》を掌《てのひら》で拭いた。傍観《ぼうかん》していたはずのグウェンダルは、気づくと「よーしいいぞ男の子だ」と拳《こぶし》を握《にぎ》り締《し》めていた。

グレタはおキクギュンターを膝《ひざ》に乗せ、何事か静かに言い聞かせている。

伯父《おじ》バカな気持ちに浸《ひた》っていると、おキクとがっちり目が合ってしまった。ふて寝《ね》とやさぐれを乗り越《こ》えた男の目は、先刻までと微妙《びみょう》に光が違《ちが》う。

「グウェン！　ユーリ見つかった⁉」

「いや」

失望しかけるグレタに人形は言った。稼働《かどう》部分である顎《あご》と目蓋《まぶた》をカタカタ鳴らして。

「大丈夫《だいじょうぶ》ですよグレタ。我が国の優秀《ゆうしゅう》な兵士達が、必ず陛下をお探ししますとも」

「わかってるよぉ……」

古代都市名つき教育法実践《じっせん》中のフォンカーベルニコフ卿アニシナは、疲《つか》れ果てて両足を投げ出す子供を、背筋を反らして見下ろしている。隣《とな》りに突《つ》っ立っている木偶《でく》の坊《ぼう》は何だ⁉　グウエンダルは幼馴染《おさななじ》みの身を案じて、蹴倒《けたお》そうかと身構えた。

抜《ぬ》けるような白い肌《はだ》（全裸《ぜんら》）の大男は、ウィンコットの毒に翻弄《ほんろう》される雪ギュンターだ。魂《たましい》の抜けた……とはいえ、あいつはまだ生きている……状態で動き回ると、生前の超絶《ちょうぜつ》美形とはかなりの違いが生じてくる。

髪《かみ》に艶《つや》はないし肌は不健康だし瞳《ひとみ》は濁《にご》っているし、顎はだらしなく外れているし、頬《ほお》はげっそりと肉が落ちている。しかも、腹も尻も股《もも》もどことなく張りがなく、小柄《こがら》なアニシナの脇《わき》に立つと、上背ばかりある無能な大男にしか見えない。

雪を詰《つ》め込まれていたときのほうが、ずっと可憐《かれん》で美しかった。ゾンビになりかけている過程なのだから、美しさを求めるのは酷かもしれないが。

「さあ、リンジー。次は何をして遊びますか？」

マッドマジカリストとフォンウィンコット・リンジー、そして雪ギュンターの二人と一体は、この半日、ありとあらゆる遊びを試みていた。リンジーが望んだ隠《かく》れん坊、鬼女《おにおんな》アニシナごっこ、超魔動ヨーヨー、魔動コマ、懐《ふところ》怪物魔族くん。アニシナの提案した怨魔魔《おんまま》ごと（妻の自立が最終到達点《とうたつてん》）、魔積み木崩《くず》し（娘《むすめ》の自立が最終到達点）、魔林蹴球《しゅうきゅう》、恐怖《きょうふ》・死霊《しりょう》の盆踊《ぼんおど》り等々、数え上げたらきりがない。

「今度はあなたが決める番です。雪ギュンターを使ってしたい遊びを遠慮《えんりょ》無く言ってごらんなさい」

ウィンコットの末裔は床にべったりと座り、両手両足を投げ出して天井《てんじょう》を向いた。

「もう飽《あ》きちゃったーぁ」

「なんですって？　本当に？」

おキクギュンターがかっと目を見開く。ビームがカーテンの一部を焼き切った。

「うん。もう雪ギュンター飽きちゃった。もういらないや、誰《だれ》かにあげる」

子供って残酷《ざんこく》。

しかしリンジーの殺意さえ覚える言葉は、操《あやつ》り主であるウィンコットの末裔が傀儡《かいらい》を手放すことを意味していた。

雪ギュンターは、解放された。

「わほほほほほほほ」

喜び庭かけ回る犬みたいな声を発し、おキクは床を転がった。赤い殺人光線が乱れ飛び、子供を抱《だ》いた乳母《うば》が悲鳴をあげる。やがて吸盤《きゅうばん》が剝《は》がれるような奇妙《きみょう》な音とともに、人形の口から魂が抜けた。天井近くを迷走し、立ちつくす雪ギュンターにきゅぽんと入る。

「……ギュンター？」

グレタが怖《お》ず怖ずと問いかけた。雪ギュンターは徐々《じょじょ》に肌の色を取り戻《もど》し、背筋もまっすぐに伸《の》びている。心臓が動き、血液が身体《からだ》を巡《めぐ》り、脳が活動を始めたのだ。

「大成功です」

ほくそえむアニシナ。小さくて可愛《かわい》いグレタとリンジーに被害《ひがい》がなかったことに、ほっと胸を撫《な》で下ろすグウェンダル。

しかも復活したフォンクライスト卿ギュンターは、喜ばしいことに生まれ変わっていた。新たな才能や精神的成長を得て、真ギュンターにバージョンアップしたのだ。もはや前ギュンターとは比べようもない。執務に対する姿勢と情熱も、まるで別人を見るようだ。

さあ仕事するぞ！　という気迫《きはく》が全身から、オーラとなって滲《にじ》み出ている。

「私がもろったからにはもうらいじょうぶ、全《すべ》て私にお任せくらはい！」

でも、顎は外れたままだった。

「ほひゃ、それればさっそく溜《た》まった雑務から……ひぇくしゅん！」

しかも、全裸で大威張《おおいば》り。


久方ぶりの文化生活に、正直からだが馴染《なじ》めない。

「……なんだか布がチクチクするのですよ。ほんの少し裸《はだか》で過ごしただけなのに……こんなことでは陛下に嫌《きら》われてしまいますね。陛下は服を着ている私の方がお好きですから」

試《ため》したのか⁉　と一人だけ心の中で突っ込んだ者がいた。喋《しゃべ》り方はすっかり普《ふ》通《つう》に戻っている。遠慮と手加減を知らない女、フォンカーベルニコフ卿アニシナに、顎《がく》関節を元通りに嵌《は》めてもらったのだ。すっかり身形《みなり》を整えて、フォンクライスト卿は十余日ぶりに血盟城の大本営へと戻ってきた。ごく自然に感嘆《かんたん》の言葉も浮かぶ。

「ああ……久々の職場、久々の王城の空気……えぶしゅえぶしゅえぶしゅっんっ！　どうも埃《ほこり》が……えぶしゅんっこんちきしゅー」

様にならない。

「ここに陛下がいらっしゃらないのが淋《さび》しいのではなくて、陛下のお側《そば》に私がいられないのが淋しいのです、ああ陛下……陛下を賛美する歌第七十二番を捧《ささ》げます……冬を愛する陛下は、ココロほにゃらひとー」

微妙に歌詞をごまかしている。

グウェンダルは小さく舌打ちした。先程《さきほど》までの決意はどこへやら。これでは真ギュンターになっても全然変わらないではないか。扉の向こうへ顔を出していたグレタが、慌《あわ》てて首を引っ込める。

「誰か来た！　すごいものおぶってるよう」

「閣下！　前置きなくっ、ご報告、いたしますっ」

「どうした」

　誰に指示を仰《あお》ぐのが無難かは、兵士間でもそれなりに理解されているようだ。息を切らして走ってきた衛兵は、グウェンダルの前に跪《ひざまず》き背中を向けた。負ってきたのは、ぐったりとして瀕死《ひんし》の骨格見本だ。寝覚《ねざ》めの悪そうな姥捨《うばす》て山である。

　フォンウィンコットの跡取《あとと》りであるリンジーは、初めて見る種族に大興奮だ。

「どうかご無礼お許しください。こいつ……この骨飛族《こつひぞく》は限界を超《こ》えて精神感応《かんのう》を続けたため、疲れ果てて動けぬ状態でして」

「構わない。とにかく速《すみ》やかに事実を」

「実は一族の何者かが……その―自分には判りかねるのですが。陛下から言葉を賜《たまわ》ったというのです」

「言葉を？　直接会ったのか」

「そのようです」

「一体、何と言われたんだ」

　兵士が首を捻《ひね》って背中に顔を向けると、骸骨《がいこつ》は空気の抜けるような音を発した。野晒《のざら》しにされた髑髏《どくろ》の眼窩《がんか》の穴を、風が吹《ふ》き抜けるような物悲しい音だ。

「こんばんみ、と」

　挨拶《あいさつ》だろう、多分。フォンヴォルテール卿《きょう》は座り慣れた執務《しつむ》机につき、右手を振《ふ》って報告の続きを求める。

「ええと、訳します……一族の、者、見た、陛下。旅する、していた、川、船で」

「直訳ではなく、意訳してくれ」

「はい。わたしの父の父の父、遠い血筋の親戚《しんせき》が、流れる川の旅に出た。友と酒を酌《く》み交《か》わし、互《たが》いの人生を語り合う。川は大地を割り裂《さ》いて、蕩々《とうとう》と海まで流れゆく」

骨飛族ってけっこう詩人だ。居合わせた全員が新発見。

「見知らぬ土地で巡り会いしは、風の便りにのみ聞きし御方《おんかた》。その美しき黒瞳は、我の惨姿《ざんし》を見つめ給《たま》う」

「略せ、詩はいい！　いや、詩は素晴《すば》らしいが、今は略せ」

「はっ、どうも小シマロンを北上するロンガルバル川で陛下に接触《せっしょく》した様子です。夜のうちに一番近くに埋《う》まっていた骨地族に電波を送り、そいつが墓を抜け出してかなり歩き、また次に埋まっていた骨地族、次に転がっていた骨飛族という具合に精神感応が行われたようで」

「彼等は埋まるのが大好きですからね」

それまで黙《だま》っていたアニシナが言った。物欲し気な目で骨を眺《なが》めている。危険だ。

「ロンガルバル川を北上……ということは……ケイプか」

「それが、ケイプの刑務所《けいむしょ》に送られる、囚人移送船《しゅうじん》らしいのです」

「囚人⁉　何故《なぜ》そんな船に乗っているんだ」

さあ、と答えに詰まったきり、兵士は言葉をなくしてしまった。ユーリ陛下の行動は、時にまったく予測がつかない。

「ど、どうしましょうっ！　囚人だなんてそんなっ陛下の御身《おんみ》に万が一のことが起こったりたりたり……あぁっあのお美しい陛下がそんなっ、野獣の群れの中に子羊を投げ込むようなものですっ」

羊がどういう活躍《かつやく》だったかを知る由《よし》もなく、ギュンターは一人で狼狽《ろうばい》しまくった。

「何故そこで心配されるのかが不思議です。男の中に男を放り込んだところで、性格が悪くなる程度のものでしょうに」

グウェンダルの頭の中では、誰をどう配するかの計算が始まっていた。自分が向かえれば一番いいのだが、王都をギュンターに任せていいものかどうか。それに、確かケイプの収容所は、二年程前に閉鎖《へいさ》されている。移送の目的が収監《しゅうかん》でないのなら、一体なぜ囚人を大量に運ぶ必要があるのか。

フォンビーレフェルト卿の現在位置はどの辺りだろう。勝手に城を飛び出したので、骨牌《かるた》の中継《ちゅうけい》点も教えていない。恐《おそ》らくギーゼラと一緒《いっしょ》だろうから、彼女の判断力に期待するか。

いずれにせよ、ヴォルフラムが向かってくれれば……。

グレタがとんでもない悲鳴をあげた。滅多《めった》なことで泣き叫《さけ》ぶような子供ではない。声に驚《おどろ》いた骨飛族も、疲《つか》れ切った羽をばたつかせている。

衛士二人に両脇《りょうわき》から支えられ、半ば引きずられるようにして、男が一人運ばれてきた。最初はそれが誰なのか、グウェンダルにもギュンターにも判らなかった。首を伸ばすこともできない様子で、床《ゆか》を見たままで言葉を絞《しぼ》りだす。

「……閣下……お許しもなく……参りましたことを、お詫《わ》び……」

必死に顔を上げようとする。左目は爛《ただ》れた皮膚《ひふ》で塞《ふさ》がれ、頬《ほお》や鼻にも治療《ちりょう》を怠《おこた》った火傷《やけど》がある。灰色から白に近くなった髪《かみ》と髭《ひげ》が、辛《かろ》うじて顔の半分を隠《かく》していた。

「ヒューブっ！」

何月ぶりかで名前を呼んで、グレタが男に駆《か》け寄った。

グリーセラ卿ゲーゲンヒューバーは、衛士の腕《うで》を逃《のが》れて冷たい床に平伏した。

8

何の言葉もかけずに、グウェンダルはうずくまる係累《けいるい》の元へと歩いた。

グリーセラ卿ゲーゲンヒューバーは、フォンヴォルテール卿の父方の従兄弟《いとこ》だ。以前は外見に共通点もあり、親戚内ではことあるごとに似ていると言われた。

しかし今は、一気に百歳くらい歳をとったようなゲーゲンヒューバーに、彼と同じ血族の面《おも》影《かげ》はほとんど無い。

床の上の痩《や》せ細った身体《からだ》を見下ろすと、長い右脚《みぎあし》を振《ふ》り上げて蹴《け》る。皆《みな》が息をのみ、グレタが金切り声をあげる。低く呻《うめ》いて男が転がった。

「グウェン、なんでっ⁉」

「どけ！」

両肘《りょうひじ》をついて身体を支えようとするが、持ち直す前にまた蹴られ、冷たい床を無様に転げ回る。四度目に軍靴《ぐんか》が腹に食い込んだ時には、男は何の抵抗《ていこう》もできなくなっていた。

「自分のしたことが判《わか》っているか⁉　どの面《つら》下げてここに来た」

震える肩《かた》に手をかけて、グレタが一生懸命起こそうとする。

「なんで、グウェンなんでこんなひどいこと……ヒューブ死んじゃうよっ」

「そう、このままでは死にますね」

アニシナが少女の肩に手を置いた。

「離《はな》れなさい、まだ死なせません」

華奢《きゃしゃ》な身体からはとても想像できない怪力《かいりき》で、ゲーゲンヒューバーの胸ぐらを掴《つか》み上げる。長身の男の爪先《つまさき》が、地面を離れて宙に浮《う》く。

「いいですか、グリーセラ卿。わたくしはあなたを憎《にく》んでいます。そのわたくしに命を救われることを、この先一生恥《はじ》として生きなさい」

どさりと乱暴に投げ出されるが、既《すで》に顔色は少し良くなっている。三大魔女《まじょ》と呼ばれる使い手の魔術だ。元気とまではいかないが、辛うじて身体は起こせるだろう。

「この恥知らずが！　命が惜《お》しければ今すぐ消えろッ」

「……命など……惜しくは……」

「では殺してやる！」

剣《けん》の柄《つか》に手をかけるグウェンダルを、衛士の一人が必死で止める。

「閣下！　グリーセラ卿はまだ、ご病気が。意識を取り戻《もど》されてほんの数日で、正気を失われているのかもしれません」

「正気でさえ国を滅《ほろ》ぼそうとした男だ！　コンラートを……ウェラー卿を二度も殺そうとした

男だ！　しかも仮にも魔族でありながら、主君の身に刃《やいば》を」

フォンヴォルテール卿がこれだけ感情を露《あら》わにするのも、あまり見ないことだった。憎しみと身内の恥への不快さで、柄にかけた指が白くなる。彼は地の底から響《ひび》くような、冷たい声で吐《は》き捨てた。

「……国賊《こくぞく》め」

乳母《うば》の腰《こし》にしがみついたまま、フォンウィンコット卿リンジーは無感情に言った。

「この人知ってるよ。ぼくが生まれる前に、叔母《おば》様を死においやったんだって、父上が何度も言ってたよ」

「ヒューブ、そんなひどいことしちゃったの……？」

ゲーゲンヒューバーは少女を脇に押しやり、自分の傍《そば》から離れさせた。床に両手をついたまま、立ち上がれずに言葉を絞《しぼ》り出す。

「この場で首を落とされるも、某《それがし》、覚悟《かくご》の上でございます……ただただ閣下のご慈悲《じひ》により、生き長らえたるこの身なれば……ですが一つだけ、一つだけどうしてもお伝えせねばならぬことがございます！　どうか、ツェツィーリエ陛下にお目通りを……！　申し上げねばならぬことが……」

「上王陛下は国内にいらっしゃらない。不定期に諸国を視察中だ」

異国から連れ帰られてずっと眠《ねむ》ったきりだった男は、呆然《ぼうぜん》と呟《つぶや》いた。

「上王陛下……？」

「ヒューブ、眞魔《しんま》国の王様はユーリだよ。黒い髪《かみ》と黒い瞳《ひとみ》のひと。グレタの今のお父さま」

すぐには理解できず、少しの間考えを巡《めぐ》らせてから、男ははっとして顔を上げた。

「……まさか……歓楽郷《かんらくきょう》でご一緒《いっしょ》だった方が……では、某《それがし》は……当代魔王陛下に剣を……何という畏《おそ》れ多いことを……」

ギュンターだけが地名に反応し、何故そのような場所にと頭を抱《かか》えた。

グウェンダルが衛士の腰から小剣を取り、鞘《さや》のままゲーゲンヒューバーの前に投げた。石と金属のぶつかる音が、乾《かわ》いた空気を震《ふる》わせる。

「まだ生き恥をさらすつもりか」

「……閣下、某は……」

「二度と我々の前に姿を現さぬならと、つまらん命をあえて見逃してやったのだ。それをよくも分も弁《わきま》えず」

「ヒルドヤードでは、あの御方が陛下とは存じ上げず……誓《ちか》って申し上げます！　ただ、あの方に危険が及《およ》べば、ウェラー卿が本気で某を斬《き》るだろうと。ツェツィーリエ陛下が退位されているとは、考えも及びませんでした……覚悟はできております、この責めは必ずや。もう見苦しいことはいたしませぬ。ですがその前に、どうか新王陛下にお目通りを。いえ、この身の卑《いや》しさ故《ゆえ》にそれが叶《かな》わぬならば、皆様方にお伝えし、ご判断いただきたく存じます！　重大なことです、国の存亡に関《かか》わる、恐《おそ》ろしい事実でございます」

「貴様の言葉など、聞くに値《あたい》しない。誰《だれ》か！　この男を北の石場にでも送れ。悔《く》いて自ら命を絶つまで、水の一滴も与《あた》えるな」

小さな身体を割り込ませて。グレタが怒《いか》りを遮《さえぎ》ろうとする。

「やめて、やめてよグウェン！　ヒューブの話を聞いてあげてっ」

「その男はユーリに刃を向けた。お前が庇《かば》ってやるだけの価値もない」

「グレタもそうだもん！」

ゲーゲンヒューバーが顔を上げた。醜《みにく》く引きつった左目が、部屋の灯《あか》りに露わになる。

「グレタだってユーリを殺そうとしたんだよ！　嘘《うそ》をついて勝手な理由で刺《さ》そうとしたんだよ……今でも……今でも思い出すと涙《なみだ》がでるよ……辛《つら》くて恥《は》ずかしくて消えちゃいたくなる。ごめんねって気持ちと、自分がやったことのおそろしさで、どこか遠くに逃《に》げたくなるの。でももっとみじめな気持ちになるのは、恥ずかしいって思ったときなの」

凛々《りり》しい眉《まゆ》と長い睫毛《まつげ》。けれど、よく光り、動く瞳を涙で曇《くも》らせて、少女は小さな手を精一杯《せいいっぱい》広げた。解いたままの赤茶の髪が、細かい波を描《えが》いて肩に掛《か》かる。

「……恥ずかしいよ。だってユーリあんなにいいひとなんだもん。グレタ、ユーリが大好きなんだもの。なのにあんなことしたんだよ……好きになればなるほど、もっともっと恥ずかしいんだよ……この人を殺そうとしたんだって……楽になりたいって自分の勝手な理由だけで、こんなに好きになるひとを殺そうとしたんだって。恥ずかしくて……消えちゃいたくなるよう」

った声になる。

唇《くちびる》を噛《か》み、短い間だけでも堪《こら》えようとする。だがすぐに持ちこたえられなくなり、涙の混ざ

「グレタ」

「けどユーリは怒《おこ》らないんだよ。グレタが悪いなんて、一度も言わないんだよ。グレタのこと嫌《きら》いだなんて、絶対に絶対に言わないんだよ。好きだって言ってくれるの、可愛《かわい》いって、きゅ、きゅーとだって！　言われるたんびに泣きそうになるけど、でも我慢《がまん》するの。恥ずかしくてどうしようもなくっても、今がいいからって我慢するんだよ。ユーリを大好きな今を消したくないから。ごめんねもっ、もうっ……絶対しない絶対しないからねって、心の中で何度も謝って、恥ずかしいのを我慢するの。ねえ、グウェンもヴォルフもよく言ってくれるよね？　ユーリがここにいたらどう言うと思うって。グレタが悪いって言うと思うか、って。ねえグウェン！　ユーリがいま、ユーリがここにいたら、ユーリなんて言うと思う？　ヒューブはすごい悪いことをしたんだろうけど、でもっ、ユーリがいたら、なんて言うのかなっ」

アニシナは幼馴染《おさななじ》みの脹《ふく》ら脛《はぎ》を嫌《いや》というほど蹴《け》った。こうでもしないと動かない男だということを、誰よりもよく知っていたからだ。

グウェンダルはよろめいて跪《ひざまず》き、少女の肩をそっと抱《だ》く。

「……すまなかった」

細い、けれど生命力に溢《あふ》れた腕《うで》が、子供特有の熱と一緒に、大人の背中に回された。

「違《ちが》うよぉ」

「ユーリはもっとぎゅってしてくれるんだよ」

生まれ変わったフォンクライスト卿《きょう》ギュンターは、気づかれないようにそっと鼻をすすった。

素知らぬ顔で皆《みな》の脇を過ぎ、ゲーゲンヒューバーの前に立つ。

「他《ほか》の誰が聞きたくないと言っても」

男の右目だけの視線が、麗《うるわ》しの王佐《おうさ》を振《ふ》り仰《あお》いだ。

「私はあなたの話を聞きますよ。皆が呆《あき》れて部屋を出ていってしまってもね。それが陛下と国家のため、我々魔族のためだというのなら」

そう、私の仕事場は此処《ここ》だ。

国のため、魔族のため、自分のために、お側にお仕えし、陛下を盛り立てることができるのは、この私をおいて他にはいないはず。


某がグウェンダル閣下の命で、国に戻ることなく魔笛《まてき》の探索《たんさく》を続けていたのはご存知のことと思います。結果的には魔笛の一部をスヴェレラで発見し、一方は赤子の遺体と偽《いつわ》って墓に隠《かく》し、もう一方は旅先での知己《ちき》に預けました。

しかしどうにも腑《ふ》に落ちぬのは、魔笛の眠っていたのが法石の発掘《はっくつ》現場であったこと。何故、我々魔族の至宝が、法石に満ちた岩層の中、しかも奥深くに納められていたのかということです。人間達の操《あやつ》る術を助ける法石は、形をなした魔術とも呼ばれる魔笛とは、相容《あいい》れぬように思えたのです。

不敬な輩《やから》の手から手へと渡《わた》り、宝物の売買を経てのことならば、そのような採掘場の奥深くにあるのも妙《みょう》な話。収集家の宝物庫にでもあると考えるのが妥当《だとう》でありましょう。

逆に二百年前に何者かに持ち出されて以降、ずっとその場所にあったのなら、誰かが何か重要な目的のために、意図的にスヴェレラの岩石層に隠したのかもしれない。某はそのような考えにとりつかれ、命じられぬままに理由を求めて流離《さすら》っておりました。

その当時、スヴェレラは国を挙げて法石の確保に力を入れており、他に職のない民達の多くは採掘に携《たずさ》わっておりました。それも、良質な原石は女子供の手でしか扱《あつか》えないという、なんとも不可思議な性質も耳にいたしました。

これもまた奇妙《きみょう》な話。

同様に超《ちょう》自然的な力を持つ魔石には、そのような特徴《とくちょう》はございません。某も魔石を……手にしたことがございますが、それによって秘《ひ》めた力が落ちたとも、効果が消えたとも報《しら》されませんでした。

とにかく、スヴェレラでの法石の採掘は、それはもう、異常といっても過言ではないほどでありました。いくら雨が少なく水が涸《か》れていようとも、最低限でも翌年の種となる作物は育てなければなりますまい。

ところがスヴェレラ国王は、農地を保護し農民に援助《えんじょ》をすることもなく、ひたすら法石を掘《ほ》り続けたのです。どうせなら井戸《いど》の一つも掘れば潤《うるお》うものを。まるで翌年の財政に、何らかの保証でもあるかのごとく。

かなりの時間を要しましたが、某にもようやくそのからくりが判《わか》りました。

連中が求めていたのは石などではない。確かに法石は莫大《ばくだい》な富を生んだが、それは単なる副産物に過ぎなかった。スヴェレラは石を求めて採掘していたわけではなく、法石のたくさんある場所を掘ることで、もっと恐ろしいものを捜《さが》していたのです。

自分の胸で温まった魔石を手に、おれは頭上を仰《あお》ぎ見た。

ロンガルバル川上空は薄《うす》い灰色で、ライオンズブルーの石とは大分違う。もうずっと晴天を見てない気がするが、この地では当たり前の気候なのだろうか。カッパーフィールド商店の若手営業担当も、妙な空だとは言っていた。

「この流れの緩《ゆる》やかさでは、河口まであと三日はかかりそうね」

山脈隊長達との終わりのないティータイムに付き合ってきたフリンが、おれの隣《となり》に静かに座った。革《かわ》の上着の前を掻《か》き合わせる。女性には少々重すぎるのだろう。

「あの人達も気の毒よ。生まれた場所は様々だけど、国のためって小シマロンとの争《あらそ》いに駆《か》り出されて、戦《いくさ》が終結すれば敗残兵として囚人扱《しゅうじんあつか》い」

「そういうのってさ、捕虜《ほりょ》の交換《こうかん》とかあるんじゃないの？　そっちのー……相手国側に摑《つか》まってたシマロン兵とさ、終戦後に交渉《こうしょう》して帰国できるんじゃねーの？」

「したわ」

そうだった。彼女の国、カロリアも、同じ国に敗れて領土化を余儀《よぎ》なくされたのだ。

「戦地に残された兵士を取り戻《もど》そうと、ノーマンも必死で交渉したわ。皮肉なことに防戦一方だったから、敵地にまで赴《おもむ》いたのは殆《ほとん》どが諜報偵察《ちょうほうていさつ》員で、数自体あまり多くはなかったけれども……でも無駄《むだ》だった。結局こちらは敗戦国で、戦勝国に異を唱えることなどできはしない。カロリアの捕虜になったシマロン兵は全員帰還《きかん》させたけど、こちらに戻されたのはほんの一部の幸運な者だけ……他国も同じような状況《じょうきょう》でしょうね。そして今でも彼等みたいにシマロン国内で、理不尽《りふじん》な労働や待遇《たいぐう》に耐《た》えているんだわ」

フリンは膝《ひざ》に顎《あご》を載《の》せ、流れる川面《かわも》をじっと見詰《みつ》めた。館《やかた》で豪華《ごうか》な衣装《いしょう》に埋《う》もれているよりも、今みたいな格好で膝を抱《かか》えて座っているほうが、少なくとも五つは若く見える。

「……いやね、戦《いくさ》って。私は大嫌《だいきら》い」

「おれもだよ」

平原組みたいな組織で少女時代を過ごしたのだから、兵隊の生活を殆ど知り尽《つ》くしているのだろう。有事の際には彼等がどんな行動をとり、どんな扱いを受けるのか、城で暮らす他の国の貴婦人よりも、ずっと詳《くわ》しく理解しているに違《ちが》いない。もちろん、日本人のおれよりも。

「だからあなたを大シマロンに連れて行こうとしてるのよ」

いきなり自分のことに触《ふ》れられて、魚の影《かげ》を眺《なが》めていたおれは慌《あわ》てて首を捻《ひね》った。船尾《せんび》の方では村田が釣《つ》り竿《ざお》をしならせ、大物ゲットォと叫《さけ》んでいる。

「きちんと話すって約束したわね。教えるわ、全部、隠さずに。それを聞いたらあなたは冗談《じょうだん》じゃないと思うかもしれない。それとも逆に賛同してくれるかもしれない。でもどちらの結果になるにせよ、理由も告げずにあなたたちを連れ回すことはできないものね。それでは私もサラレギー様と同じになってしまう……あんな人にはなりたくない」

サラレギーとかいう名前は前にも聞いた。小シマロンの国主だという。見開きの君ってキャッチコピーは、アイドル系とは程遠い。眠るときも両目を開きっぱなし、とか？

「カロリアは自治区とはいえ小シマロン領よ。彼等が魔族と戦うというのなら、私達は従うしか選択肢《せんたくし》がない。物資も取られ、財も取られる。そして何よりも大切な、若い命が数えきれないほど奪《うば》われる……どうして国を離《はな》れているのかは知らないけれど、大佐《たいさ》は魔族のご出身よね？　ウィンコット家は建国始祖の一人だそうだから。あなたの国の軍人はどうかしら。やっぱり十二歳で入隊するの？」

「まさか！」

おれと同年代にしか見えないヴォルフラムが御歳《おんとし》八十二歳というのだから、純粋《じゅんすい》魔族の十二歳なんて、どんな生き物なのか想像もつかない。十六で人生を決めると聞いているので、それまでは子供でいていいのだろう。

「そうよね、十二なんてまだ剣《けん》も重くて持てないわ。でもカロリアから……ギルビット港からも、十二の男の子は消えてゆく。立派なシマロン兵になるために、毎年全員が召集されるの。私はもうそれを見たくなかった。既《すで》に連れて行かれた子供達が、開戦後に犠牲《ぎせい》になるのも嫌《いや》だったのよ。軍人さんには判らない気持ちでしょうね。女々《めめ》しいと言われても仕方がない」

「……おれもそう思うよ。戦争なんかで人が死んじゃいけないって、何度も言ってるんだ。何度でも言うつもりだ……今は、大佐とか呼ばれてるけど、本当はさ、本当は」

魔王です、とは言えない。本当は、クルーソー大佐なんて人物じゃない。本当はウィンコットの末裔《まつえい》じゃない！

「そんなときに、大シマロンからの密使が取引を持ちかけてきたの。ギルビットの館の奥深くに、ウィンコットの毒が所蔵されているはずだって。彼等はそれをひどく欲しがっていた。しかもとても急いでいた。この世で唯一《ゆいいつ》、どんな者でも意のままに操れるという薬。その毒に身《から》体《だ》を侵《おか》されれば、その者はウィンコットの末裔の傀儡《かいらい》となる。たとえ命があろうとなかろうともね。私は彼等に薬を渡した。カロリアの兵の命と引き替《か》えに」

「命とって、どういう取引だよ」

「大シマロンは小シマロンと掛《か》け合って、私の国の兵力分担を引き下げてくれたのよ。もちろん、密約があったとは明かさずに、名目上はギルビット港の共有に際して、荷役の不足を解消するため。段階的に少年兵から帰国させる方向で、事実、僅《わず》かながら子供が解放されたわ。もうすぐ第二陣《じん》が戻ってくる。彼等はもう戦場に行かずに済むの」

フリン・ギルビットは心から嬉《うれ》しそうに、まるで母親みたいな笑《え》みを浮《う》かべた。ノーマンとの間に子供がいなかったのに、子育て論を打っていたのも頷《うなず》ける。

村田が長靴《ながぐつ》を釣り上げた。

「でも何で大きいほうのシマロンは、ウィンコットの毒？　なんてもんを欲しがったんだろ。誰《だれ》かを操り人形にして、一体何をしようとしてたん……あれ、なんか方向が変わったな」

この船の最後方には、操舵手《そうだしゅ》が動かす方向設定装置がついている。巨大《きょだい》な魚の尾鰭《おひれ》に似た板が、二枚平行に並んでいるのだ。それが徐々《じょじょ》に角度を変えて、船首は流れを斜《なな》めに横切り始めた。ゆっくりと左に傾《かたむ》いていく。西側の岸に寄せるのだろう。

「またどこかで荷を積むのかしらね。ああいう箱を幾《いく》つも幾つも」

殆ど立方体の木製コンテナが、甲板《かんぱん》に所狭《ところせま》しと並べられている。夜は風をしのぐのに助かるし、昼間は壁代《かべ》わりに寄りかかれる。

「……大シマロンも『箱』を手に入れたのよ」

川面を渡《わた》る風のせいか、彼女は一度、身震《みぶる》いした。

「その箱を開ければ、遠い昔に封《ふう》じられた強大な力が甦《よみがえ》る……この世界には、決して触れられないというものが四つあるという……大シマロンはその一つを手に入れたのよ。正しい鍵《かぎ》で解《と》き放てば、その力は主と認めた者に従い、善の武器にも悪の凶器《きょうき》にもなるというの。大シマロンの密使はこうも言ってたわ。鍵はもうみつけてある、あとはウィンコットの毒を使って、その『鍵』を意のままに操るだけだって」

「蓋を開ける正しい鍵ってのは、ヒトなのか!?」

「人間だとは言わなかった。でも、魔族だとも言っていなかったわ。しばらくしてカロリアに滞在《たいざい》する密使から、彼等がどこかでウィンコットの毒を使ったと聞かされた。どうやったのかは知らないけれど、『鍵』なる者を傀儡にするのに成功したと。けどそれは、私と私の国が詮《せん》索《さく》すべきことじゃない。私は一人でも多くのカロリアの子供が、戦争に行かずに済むようにたかうだけ。そこに、クルーソー大佐、あなたが飛び込んできた」

「……ウィンコット家の紋章《もんしょう》を象《かたど》った、魔石を胸にかけてたおれが？」

「そうよ」

話が大きくなりすぎたせいか、そういえば彼女は随分《ずいぶん》日に焼けたなと、関係ないことをおれは思った。何年間もマスクを被《かぶ》りっぱなしで、館の外へも出られない生活だ。抜《ぬ》けるように白かった額や頬《ほお》は、こんな薄曇《うすぐも》りの空ばかりでも、それなりに日に焼けて赤らんでいる。

「私は欲深く考えたの。大シマロンは鍵なる人物に、ウィンコットの毒を投入するのに成功したと言った。だったら傀儡となったその鍵を、操る者が必要なのではないかって。そしてもし、彼等がカロリアの残りの戦力分担を、肩代《かたが》わりしてくれたらどうだろうって」

「あんたの国の兵隊が、みんな元気で帰ってくるだろうな」

「そう、そうなのよ！　だからあなたを……」

だからおれをシマロン本国へ送ろうとしている。自国の若者を一人でも多く取り戻すために。本当はウィンコット家の末裔でも何でもないおれを、勘違《かんちが》いして差しだそうとしているんだ。

「フリン、おれ実は……」

「日本でも、戦国時代なんかはさー」

足音がなかったので気づかなかった。村田ロビンソン健は釣果《ちょうか》の長靴をぶら下げて、おれたちのすぐそばで近づきつつある西岸を眺めていた。度なし色ありのコンタクトレンズでは、遠くの景色はどう見えるんだろう。

「矢尻《やじり》に毒を塗《ぬ》ったりしてたらしいね」

……え？

「村田、今なんて」

「見えてきたよ、次の停泊所《ていはく》。やっぱり眼鏡《めがね》がないと駄目《だめ》だなー。荷物っつーより武装兵力がいっぱいいるように見えるよ」

おれの目は対岸の光景など見ず、おれの耳は囚人《しゅうじん》達のどよめきなど聞かなかった。頭の中では射られて馬から落ちるギュンターと、火器の爆発《ばくはつ》で見えなくなるコンラッドの姿が、何度も繰《く》り返し回転した。ギルビットの館にいた大シマロン兵が、装備していたあの火器だ。

矢尻に毒を。大シマロン兵士が。触れてはならない凶器の箱で、魔族《まぞく》との戦いにそなえるために。決して誰にも従わない、頑固《がんこ》で強靭《きょうじん》な「鍵」を操るために。

狙《ねら》われたのは最初から、魔王としてのおれじゃなかったんだ。

箱の名前は「風の終わり」。この世に、裏切りと死と絶望をもたらすという。

そう、彼等は箱を捜《さが》していた。

スヴェレラ国王自らは、箱の意味も力も知らなかったと思われます。ですが、権力を得ようとする者にとって、箱は強大な力に思える。富を得ようとする者にとって、箱は莫大《ばくだい》な財に姿を変える。スヴェレラは法石の採掘《さいくつ》を続けるうち、ついにそれを掘《ほ》り当てました。岩層の深く深く、痩《や》せた女か子供しか通れぬような、迷宮にも似た場所でです。

そしてそのほど近くに、我々魔族の至宝、魔笛も封じられていたのです。奴等《やつら》が箱を発見し法石坑《こう》から持ち出した直後、某《それがし》は知己に頼《たの》み込み、ひっそりと気付かれずにいた魔笛を確保いたしました。箱から漏《も》れる力が周囲の岩盤《がんばん》を、何百年もかけてゆっくりと法石に変えていたのか。それとも魔笛に抗《あらが》った地の要素が、結果的に法石へと性質を変えていたのか。いずれにせよ、両者が消えたことで、なぜか法石は一切出なくなり、スヴェレラの民は職を失いました。

この世界には決して触《ふ》れてはならないものが四つある。それがいかなる力を封じるために、どのような過程で作られたのか、どれだけ凄惨《せいさん》な歴史をもって先人の意思が守られたのか、人間達は知ろうともいたしません。魔族であればどんな子供でも、あれの恐《おそ》ろしさと邪悪《じゃあく》さを理解しておりますのに……。

スヴェレラの王城に箱が持ち込まれたと知って、危険を知る者としてどうにか説き伏《ふ》せて、元の場所に戻《もど》させるべく王に会いました。ですが……ご存知でしたか。地の底に埋《う》もれしものの鍵を。箱にはそれぞれの鍵がございます。四種の箱にはそれぞれ正しい鍵があり、似て非なる鍵《もの》で強引に開こうとすれば、制御《せいぎょ》できず無惨《むざん》なことになるそうです。スヴェレラ王家はそのうちの一種、ある血族の左の眼球を試《ため》しました。

……これがそのときの傷でございます。どうやら某《それがし》の左目は、近いとはいえ本来の「鍵」ではなかった様子。図《はか》らずもその場で蓋が開き、厄災《やくさい》の全《すべ》てが奔出《ほんしゅつ》することを思えば、某ごときの少々の傷で済んだことは、むしろ幸いであったかと。

自らの不甲斐《ふがい》なさを悔《く》い続け投獄《とうごく》の日々を余儀《よぎ》なくされた後に、そこなる娘《むすめ》と知り合いました。帰国を許されぬ身の上にて、娘に徽章《きしょう》を託《たく》しました。先代魔王陛下の摂政《せっしょう》シュトッフェル閣下であれば、娘から徽章を取り上げると予想し、誰かが新たに諜報《ちょうほう》に赴《おもむ》くことを期待いたしましたが……グレタは未《いま》だに某の徽章を保持しているようですな……しかし、この身は国を追われたも同じ、不確かな情報でお手を煩《わずら》わせるわけには参りませぬ。

生き長らえ、スヴェレラを脱《ぬ》けた某は、箱の行方《ゆくえ》を追いました。

ある血族の左眼球という「鍵」を得られなかったスヴェレラは、蓋を開けることなくそれを大国に売り渡したのです。

間に立ったのはルイ・ビロンなる小物で、某はその男の懐《ふところ》に入り、不器用ながら探《さぐ》りを入れましたが……どうやら売り渡された先が小シマロンだということくらいしか、めぼしい情報は入手できませんでした。

箱の名前は「地の果て」。この世に、裏切りと死と絶望をもたらすという。

「なんだと⁉」

そこまで聞いたフォンヴォルテール卿《きょう》は、驚《おどろ》きと怒《いか》りで血の気が引いていた。握《にぎ》り締《し》めた両拳《こぶし》が、どんどん冷たくなってゆく。

「シマロンに流れた箱の名は『風の終わり』ではないのか⁉」

「いえ、某は確かに……『地の果て』と……」

主のいない悲しみから、ようやく立ち直ったギュンターが言った。

「落ち着いてください、グウェンダル。シマロンは大小両国で成り立っているのです。かといって決して友好的な関係とは言えません。一方のシマロンが『風の終わり』を手にすれば、他方はよけいに焦《あせ》るはず。後《おく》れて『地の果て』を手に入れたとしても何ら不思議はありません」

言葉では他人を宥《なだ》めても、自らの頬も緊張《きんちょう》で血の気が引いている。濡《ぬ》れたままの灰色の長い髪《かみ》が、肩《かた》を外れて胸まで垂れた。

「すると今や、四つのうち既《すで》に二つが、人間達の手に渡ったことになりますね」

「箱は四つあるの？」

グレタが罪のない質問をし、その場の誰《だれ》が答えるかで沈黙《ちんもく》が流れた。やがて子供とて遠慮《えんりょ》のないアニシナが、妥協《だきょう》することなく説明する。

「そう、この世界には触れてはならないものが四つあります。蓋を開ければ凶悪《きょうあく》な力と邪悪な存在が奔出し、山も川も土地も人も牛も薙《な》ぎ払《はら》って滅《ほろ》ぼしてしまう。それは我々が魔族となる前、何千年も昔に封《ふう》じたものです。人間達は制御できると思い上がっているようですが、とても操《あやつ》れるものではありません」

「滅ぼすって、死んじゃうの⁉」

「多くの場合はね」

「箱の中には毒女アニシナが入ってるんだーっ！」

　ウィンコットの末裔《まつえい》、リンジーが激しく泣きだした。わたくしの力でどうにかできるものなら、とフォンカーベルニコフ卿は唇《くちびる》を噛《か》んだ。残る二つの情報も乏《とぼ》しい。それまで人間達に悪用されれば、眞魔国の存続はおろか、星の大半が生き延びられまい。

「納得《なっとく》がいかん！　何故《なにゆえ》そのような重要なことを、王周辺の誰かに報告しなかった⁉　たとえ帰還《きかん》を許されぬ身とて、いくらでも手段があろうものを」

「閣下……しかし某、最低限の報告はいたしておりました。骨飛族さえ従えぬ旅だったため、やむなく民間の通信業者を使い」

「白鳩《しろはと》飛べ飛べ伝書便か？　貴様からは一度たりとも受けとっていないぞ」

「ですから……フォンシュピッツヴェーグ卿シュトッフェル摂政閣下に。よもやツェツィーリエ陛下が退位されようなどとは、微塵《みじん》も……」

　喉《のど》まで出かかった「役立たずめ」をすんでのところで飲み込み、グウェンダルは乱暴に壁《かべ》を叩《たた》いた。いや、殴《なぐ》った。

「あの男……っ誰か、シュトッフェルを探しだせ！　首に縄《なわ》をつけてでも引きずってこい」

緊急《きんきゅう》事態の気配を読みとって、廊下《ろうか》に集まり始めていた兵士達が動き始める。

「ゲーゲンヒューバー、他《ほか》に言い残すことはないか」

「待って待って、それじゃヒューブが死んじゃうみたいだよ」

「某の……左目の件でございますが……」

「ああ、災難だったな。グリーセラの邸《やしき》に良い医者を行かせよう」

さして同情もない声だが、彼はこれで精一杯《せいいっぱい》だ。話を切りたがっている。

「いえ、某《それがし》のことではございませぬ。閣下が……閣下こそ、お気をつけなされませ」

「何か含《ふく》みがあるようだな」

そう言われてすんなりと流すわけにもいくまい。グウェンダルは両腕《りょううで》を胸の前で組み、未だ立ち上がれぬ従兄弟《いとこ》を見下ろした。

「申し上げましたとおり、箱にはそれぞれの鍵《かぎ》がございます。人間達はそれを弁《わきま》えているようでした。鍵でないものでは影響《えいきょう》はありませぬが、より近く、しかし間違《まちが》った鍵《もの》を使えば恐ろしいことになる……閣下、お気をつけください。四種の鍵のうち、ひとつはある血族の左目とか。そしてもうひとつは……」

「覚えておこう」

「ちょっと待ってください」

忠告されている本人よりも、ギュンターが反応した。

「奴等は何故、グリーセラ卿で試《ため》したのでしょうか……いえ、それも疑問のひとつですが……残る三種の鍵というのも、やはり特殊《とくしゅ》な血族の身体《からだ》の一部ということですか？」

教育係の疑問をさえぎって、最初に伝言骨飛族を運んできた通訳兼《けん》衛兵が叫んだ。

「よろしいでしょうかっ⁉」

白骨化した相棒を床《ゆか》に横たえ、細く乾いた手首を摘《つま》んで持ち上げている。脈は、多分ない。

「この骨飛族の兄の妻の従兄弟に、息子《むすこ》から感応念波が届いたようです！」

骨飛族の家族関係は、まったくもって判《わか》らない。

「訳せ、ただし、詩はもういい」

「はい……父さん僕は今、陛下の懐《ふところ》にいるわけで……」

懐⁉

「ぶふっ」

真・フォンクライスト卿ギュンター閣下が、奇天烈《きてれつ》な音で鼻血を吹《ふ》いた。

9

岸に近づくにつれ船足が下がり、角度も滑《なめ》らかに変更《へんこう》されていく。最後には見事な縦列駐《ちゅう》船《せん》で、理想の位置にピタリとつける。

舵《だ》手《しゅ》は満足げに額の汗《あせ》を拭《ぬぐ》い、乗員からは惜《お》しみない拍手《はくしゅ》が送られた。

けれどおれは、ほんの数分前にとりつかれた考えで頭の中がパニックだった。急停船されてつんのめって川に落ちても、気付かなかったに違《ちが》いない。

フリンと取引した大シマロンは、箱と鍵の両方が欲しかった。「風の終わり」は手に入れたが、肝心《かんじん》の「鍵」は蓋《ふた》を開けることを拒否《きょひ》するかもしれない。そこでウィンコットの毒を使って、命令者に絶対服従の傀儡《かいらい》を作ることにした。大シマロン兵が装備すると思われる火器、矢《や》尻《じり》に塗《ぬ》られた謎《なぞ》の毒……そしてフリンはウィンコットの末裔を捜《さが》していた。全てが同時期に並行して進んでいる。考えれば考えるほど一致《いっち》する。

大シマロンの兵士は、国内に存在する密通者の手引きで、眞魔《しんま》国に侵入《しんにゅう》した。おれとコンラッドとギュンターのうち、誰かを狙《ねら》って襲撃《しゅうげき》したんだ。

けれど、誰を？　開けてはならないパンドラの箱からあらゆる災厄《さいやく》を誘《さそ》い出す、鍵というのは一体誰なんだろう。もしもギュンターだとしたら、彼はまだ国内に残っている。恐《おそ》らく駆《か》けつけた仲間によって、保護され治療《ちりょう》されているはずだ。ではコンラッドだとしたら……。

「渋谷、それなに？」

ずっと隣《となり》に立っていたのか、すぐ脇《わき》で村田が訊《き》いてきた。おれは慌《あわ》てて鼻をこすり、素知らぬ顔で胸からペーパーナイフを引き抜《ぬ》いた。

「ん？　あ、ああこれ、カッパから買ったんだよ」

「カッパから？　じゃあやっぱりキュウリで」

「この手触《てざわ》りは象牙《ぞうげ》かも。日本じゃ希少価値の高級品なのに、ここじゃ羊の餌《えさ》より安いんだ」

「これ人骨じゃないの？　ていうか渋……クルーソー大佐《たいさ》、鼻水でてるよ。声もちょっといつもより変だし。調子に乗って寒風に当たりすぎて、カゼとか引いたんじゃないの」

「げ、マジ⁉」

村田が遠目で言ったとおり、岸には武装兵が集結していた。人数でいったら一学年分くらいはいるだろうか。二百人はゆうにいる。全員淡《あわ》い水色の戦闘《せんとう》服姿で、胸と臑《すね》には革《かわ》の防具を巻き、腰《こし》には剣《けん》を帯びている。煙草《たばこ》を吸ったり地面にネズミの絵を描《えが》いたり、割とリラックスして待っているようだ。近代国家のミリタリー姿しか見たことのない友人が、RPG的ファンタジー軍隊をどう思うだろうか。

「すげーやあれ。コスプレ？　なんかの時代祭？　中世文化保存会の皆《みな》さんも大変だなー」

保存会ときましたか。

だが、たとえ銃《じゅう》やマシンガンを所持していなくとも、長い剣でも充分危ない。日本なら銃刀法違反《いはん》だし、千代田区なら歩きたばこ違反《いはん》で罰金《ばっきん》だろう。軽く二百を超《こ》す戦力は、飛び道具なしでも充分な脅威《きょうい》だ。おれたち三人はなるべく隅《すみ》っこで息を潜《ひそ》め、再び船が出航するのを待つことにした。

乗船時にフリンがもめていた経理担当者が、隊長格の男と言い合っている。数分後に話がまとまって、小柄《こがら》な男はひょいと飛んで船に戻《もど》った。

「あいつ今、札束貰《もら》ってなかったか?」

「え、でもおかしいわね……戦争が始まると使えるか判らないから、小シマロン紙幣《しへい》じゃ受け取れないって言ってたのに」

フリンの思案《しあん》げな顔に、意外と真面目に村田が応えた。

「恐らく何かが売れたんだろうな。向こうが欲しがっていた、生きのいい何かが」

「鮮魚《せんぎょ》とか載《の》ってたっけかな、ロビンソン。お前の釣《つ》ったの長靴《ながぐつ》じゃなかったっけー?」

「……嫌《いや》な予感がするよ。魚だったらいいんだけど」

これまでのお笑いモードが嘘《うそ》みたいに、村田が暗く厳しい表情を見せる。

淡い水色の戦闘服集団・チームパウダーブルーは、全員同じ床屋《とこや》の常連だ。というのも髭《ひげ》と髪《かみ》のカットの方法が、一糸乱れぬ統一スタイルだったからだ。二百人全員が両脇《りょうわき》を刈《か》り上げたポニーテール、二百人全員がもみあげから細く繋《つな》がった、助っ人外人もしくはレスラーの刈り込みヒゲ。略して刈り上げポニーテール、もっと可愛《かわい》く略すと刈りポニ。決して刈り上げポメラニアンではない。

あのナイジェル・ワイズ・マキシーン（絶対死なない）が百人単位でいるとなると、これはもうある種のユニフォームだろう。

「小シマロン兵のあのヒゲは国旗みたいなものよ。どこを歩いてもすぐ判る」

「あ、な、なーんだ。熱烈《ねつれつ》ファンクラブってわけじゃないんだね」

岸から兵士が七、八人乗り込んできた。警備を強化するのかと思ったが、山脈隊長以下百余名の囚人《しゅうじん》部屋を開き、一同を外に出している。口々に文句を言いながらも、武装兵には逆らえない。

「どういうこった⁉　ここはまだケイプじゃねーだろ」

「オレたちゃ楽園ケイプまで行くんじゃや！　無停船《ノンストップ》でヨロシクじゃー！」

「お外に出たら風邪《かぜ》ひいちゃうでしゅよー。テリーヌしゃんいつでも裸だから」

頭から風邪ひくっていうけれど、髑髏《どくろ》もやっぱり寒いのだろうか。

「おい、船員以外は皆、確認《かくにん》しろ。一般《いっぱん》人に紛《まぎ》れている奴《やつ》がいるかもしれん」

武装兵達は数少ない一般乗客まで検査し始めた。平原組かどこかから、おれたちの手配書が回っていないことを祈《いの》る。ところが名前や本籍地《ほんせきち》を訊くでもなく、兵士は人々の両掌《りょうてのひら》を広げさせている。フリンも村田もほとんどノーチェックだが。

「お前は降りろ」

「はあ⁉　なんで⁉」

何故かおれだけ、両手を見せた検査係に服を摑《つか》まれて乗降口まで引きずられる。グラサンと海賊《かいぞく》風バンダナで目も髪もきっちり隠《かく》していたので、魔族とばれたとは考えにくい。フリンが兵士に食ってかかり、村田も相づちを打っている。

「ちょっと、クルーソーは私の連れよ！　ここで降ろされたら本気で困るわ」

「こいつの指を見ろ、凄《すご》い剣ダコだ。これが商人や学者の手か？　鍬《くわ》を持つ農民の手とも違《ちが》う。ちょっと特殊な武器かもしれんが、こいつは絶対に戦闘員だ。囚人と身元の知れない戦闘員は全員サラレギー様の元に突《つ》き出すことになっている。気の毒だが一緒《いっしょ》の旅は諦《あきら》めるんだな」

「なによ気の毒で済むなら軍隊いらないわよっ！」

フリンが段々おばちゃんに……。ていうか戦闘員戦闘員って、おれは悪の組織の下《した》っ端《ぱ》か。

「違うって、これ剣ダコじゃねーって！　これはバットだこ。素振《すぶ》りしすぎ練習熱心でこうなっちゃったんだって！」

最近リードに迷いがでてきて、バッティングを売りにしようとしていたのだ。検査係が怪訝《けげん》そうに首を傾《かし》げる。

「バットというのは何だ？」

「えーと、棒。両手で持って、こうカキーンと打つ。因《ちな》みに木製と金属製とあり」

「棍棒《こんぼう》で叩《たた》くのか。非常に原始的で残酷《ざんこく》な武器だな！」

「違うって叩くのはボールだって。勝手に残虐《ざんぎゃく》映像を……こら離《はな》せ、話を、話を聞けーっ……うわって」

上手投げ。両手両足、頭まで振り回して抵抗《ていこう》したせいか、相手はいきなり手を離した。爪先《つまさき》が空振りして宙に浮《う》き、おれは甲板《かんぱん》の端《はし》から投げだされた。

「ちょっとおい待て、待てってこの寒空に寒中水泳ですかおれ、ってうぷ、おっぷ」

顔を洗うべきかどうかと、悩《なや》んだ自分が懐《なつ》かしい。まったりとした緑色の水中で、おれは必殺の犬かき大会を繰《く》り広げた。このくそ重い革コートさえ着ていなければ、クロールで颯爽《さっそう》と泳げたのに。冗談《じょうだん》じゃない、今、村田と離れるわけにはいかない。あいつはこの世界のことを何一つ判っていないし、他《ほか》に守れる奴もいないんだ。それにフリンのことだって……。

おれを信用してすべて話してくれたのに、半端《はんぱ》な形じゃ別れられないだろ！

乗降板はさっさと片づけられ、早くも船は岸を離れようとしている。フリン・ギルビットと村田を乗せたままで。おれと囚人達を見知らぬ土地に残して。平原組同窓生集団は、お嬢《じょう》さんとの別れを惜しんでいた。だが一方のお嬢さんはというと。

「フリン、嘘《うそ》だろッ⁉」

「その人がいないと意味がないのよ！　私の人生賭けたんだからっ！」

事情を知らない連中が聞けば、ある意味愛の告白ともとれる言葉を叫《さけ》んで、革コートの裾《すそ》をたくし上げ、助走をつけてデッキから飛び降りる。派手《はで》な水飛沫《みずしぶき》を立てて、おれの目の前に落ちてきた。

「なっ……なんてバカなこと……っぷ」

「……ないの」

「あー？　なに」

「泳げないのよーっ！」

考えるということをしないのか!?　おれは藻掻《もが》くフリンの首を摑んで、どうにか身体《からだ》をくっつけた。溺《おぼ》れる人間が暴れたら、助ける側まで道連れアウトだ。幸いにも彼女は冷静で、おれという救命具に素直《すなお》に身を任せる。流れが緩《ゆる》やかで本当に良かった。どうにか顔を出していられるし、水を飲む心配もほとんど……。

「ひどいよー僕だけ置いてくなよー」

「ンモっ!?」

信じられない。村田までもが船から飛び降りると、後追いみたいに羊のTぞうもダイブする。恋人《こいびと》？　などとざわついていた周囲は、三角関係？　動物愛護協会？　とますます色めき立つ。みんな結構メロドラマ好きらしい。ムラケンは泳げると知っているし、羊は見るからに浮きそうだから、岸に着くまでは心配しなくてもいい。問題は自分とフリンだ。

もう足がつくだろう、ついてくれと願いながら、二人分の身体を必死で運ぶ。畜生《ちくしょう》、なんでこんなに進まないんだと諦めそうになった時に、助っ人が強い力で、一気に岸まで引っ張ってくれた。

その腕《うで》が誰《だれ》かは判らなかったが、誰でないのかはすぐに判った。

コンラッドじゃない。

また、生きてる証拠《しょうこ》を摑み損《そこ》ねた。

汚《きたな》い水が滴《したた》る身体で、支え合いながら歩いた。助っ人さんが手を貸してくれたので、少しだけ足取りが軽くなる。おれは息を切らしながら、まとわりつくフリンの髪を払《はら》いのける。

「なんでそんな無茶すんだよ⁉　あっちに残ってたほうが圧倒《あっとう》的に安全だろっ」

「だってクルーソー大佐《たいさ》が……だってあなた、船に戻れそうになかったでしょ！　私だけで大シマロンに行ってどうするのよ。きちんと説明したでしょう⁉」

「……ロビンソンがいるじゃん」

「まったくもう！　あなたって本当に頭の回転が鈍《にぶ》いわね。ロビンソンさんじゃだめなの、あなたが必要なの。クルーソー大佐じゃなきゃだめな……」

「クルクルクルクルクル言うなって！　ほんとはクルーソーじゃねーんだから！」

膝《ひざ》まで水に浸《つ》かったままだ。右を向けばそこに、岸があるのに。自分の髪を摑んでいた指を解き、フリンは小さな声で訊《き》いた。薄《うす》い緑の瞳《ひとみ》が不安に揺《ゆ》れる。

「……だれ？」

「誰、って」

「あーあ、ついにバレちゃったかぁ」

先に泳ぎ着いた身軽な村田が、おれの服を引っ張った。二人ともずるずると陸地に上がる。久々の地面の感触《かんしょく》に、踵《かかと》と爪先が喜びで震《ふる》えた。Tぞうが全身で感情を表現しようと、濡《ぬ》れ毛玉の身体をおれに擦《こす》りつける。なんだか興奮しているようだ。

「ンモンモンモンモンーモっ……ンモシカシテーェェェ！」

感きわまった羊声。滅多《めった》に聞けるものではない。

「ンモシカシテーェェェ！」パート2。

友人はコンタクトに度がないせいで、両目を細めておれを見ている。

「どうする渋谷、もう教えちゃう？それとも新しいハッタリが必要なら、僕が今すぐにでも考えてやるぞ？　ハッタリだったら僕に任せろ。ハッタリ界のサラブレッドだからね。なにせ父方の曾祖父《そうそふ》の母の兄嫁《あによめ》は、伊賀《いが》で忍者《にんじゃ》やってたらしいでござるよニンニン」

「ていうか村田、それ血ィ繋《つな》がってねーじゃん」

「シブヤって名前なの、クルーソー大佐。ロビンソンさんはムラタって名前なの？」

わざとらしい咳払《せきばら》いが割って入る。

「皆様《みなさま》、オレへの感謝の言葉は無しですかー」

水難救助の恩人は、オレンジの髪《かみ》を緩くまとめ、腰《こし》に両手を当てて立っていた。ふざけたウサギみたいに肩を竦《すく》める。

彼の名前はグリエ・ヨザック。軽いけれども腕が立ち、無礼だけれども憎《にく》めない。彼もまた魔族と人間のハーフで、コンラッドの友人で元部下だった。魔剣《まけん》モルギフの騒動《そうどう》時に世話になったが、それ以降も主に国外潜伏《せんぷく》の任務が多く、なかなか里帰りできないらしい。

「ヨザック……」

「なんスか坊《ぼっ》ちゃん、へこたれた顔しちゃって。そういうときは迷わずヤギ乳よん。滋養強壮《じようきようそう》、体力回復、精力絶倫《ぜつりん》」

「ヤギち……ちってえー!?　あっあっあの店の、ギルビット港で昼飯配ってた女将《おかみ》さん!?」

「当たりー。今回も気付いてくれないから、ヨザちょっと拗《す》ねて泣いちゃった」

と、過度《かど》に仕事熱心なため、ときには身も心も女性になる。しかし、あくまでそれは「仕事」であって「趣味《しゅみ》」でやっているわけではない。本当かよ。

「うわ、また旅行中の恥《は》ずかしい出来事をあそこでしっかり見てたんだな」

古いジャズレコードで聞けそうな嗄《しゃが》れ声、太く安定した首と、肩から背中への絶妙《ぜつみょう》なライン。服の上からでも断言できる惚《ほ》れ惚《ぼ》れするような外野手体型。おれは布越《ご》しに彼の身体を叩きまくり、変わっていないことで胸を撫《な》で下ろした。着ている薄紅色《うすべにいろ》の繋ぎは、確か囚人《しゅうじん》の制服だったはずだ。ということは今回は、囚人に変装して紛《まぎ》れ込んでいたわけか。まったくすごい特《とく》殊技能《しゅ》だ。

「あそこで見つけた時は驚《おどろ》きましたよー。かなり危険な人間の土地を、坊ちゃんが護衛も連れず歩いてるのが信じらんなくてね。わざわざ本国《グウェンダル》の親分に、白鳩《しろはと》飛べ飛べ伝書便で問い合わせちまいましたよ」

「白鳩……因《ちな》みに鳩は、どう鳴くの？」

「どぐぅ」

「……土偶《どぐう》かー……」

「そんなことより」

名前の件で呆然《ぼうぜん》としているフリンと、情熱的に喜びまくっているTぞうを顎《あご》で指す。

「坊ちゃんも隅《すみ》におけませんねぇ。ちょっとお会いしないうちに、女から家畜《かちく》までたらし込んじゃって。憎いわぁーアタシとのことはどうしてくれんの？　所詮《しょせん》遊びだったのねっ」

男性形態でジャジーに言い寄られても、鳥肌《とりはだ》が三割増すばかりだ。おれは笑えない冗談にげんなりしながらも、三者の紹介《しょうかい》を試みた。

「村田、フリン、彼はグリエ・ヨザックさん。友達の友達で眞魔《しんま》国の……えーっと前に違《ちが》う国で知り合ったんだけど。任務のためなら女装もこなすという、とてもマルチな軍人さんだ」

「こんちわオネエさん。その節はどうも」

「オネエって……ていうか、どうして知り合い!?」

「蠟燭《ろうそく》と煙瓶《けむびん》くれた人だよ。フリンさんのお屋敷《やしき》でね」

「え……」

視界が一瞬《いっしゅん》ぐらりと揺らぎ、軽い眩暈《めまい》に襲《おそ》われた。川から上がったはずなのに、足下の地面が消えたようだ。

「……コンラッドじゃなかったのか」

「うん？　確かに彼だったよ。暗かったけど声は覚えてる」

失望感と、奇妙《きみょう》な安堵《あんど》感《かん》が押し寄せてくる。

心のどこかでもう一人のおれが、認めてしまえと囁《ささや》いた。ウェラー卿《きょう》は死んだと認めてしまえ。受け入れて盛大に泣けばいい。そのほうが楽になる。無いに等しい希望にすがるよりも、辛《つら》い事実を受け止めて、思う存分涙《なみだ》を流すほうがいい。そのほうがこの先のトラブルを、自分達だけに集中して乗り越《こ》えられる。だが……。

おれは掌《てのひら》を目一杯《いっぱい》広げて、額から顎までを覆《おお》い隠《かく》した。汚《よご》れた水がしみる眼を、ぎゅっと瞑《つぶ》って眩暈が治まるのを待った。

泣けるか？　ここで。

村田は相変わらず事態の重さに気付いていないし、フリン・ギルビットは相次ぐ計算外の出来事で、心身共に疲弊《ひへい》している。現にあれだけ堂々としていた貴婦人が、今では惨《みじ》めな濡れ鼠《ねずみ》だ。ヨザックという頼《たよ》れる助っ人は現れたけど、彼が一瞬で何もかも理解してくれるわけではない。おれたちの事情を説明するには、かなりの時間が必要だ。

一本一本剝《は》がすように、顔から指を外していった。右手が胸まで下りたときには、視神経の奥の重い疼《うず》きも、厄介《やっかい》な眩暈も治まっていた。音量ボタンを押し続けるみたいに、周囲の音が徐々《じょじょ》に戻《もど》ってくる。今頃になってフリンが頓狂《とんきょう》な声をあげた。

「私の館《やかた》に侵入《しんにゅう》してたの⁉　いやーどうしようっ盗賊《とうぞく》じゃないのっ」

「乳吊《ちちつ》りは盗《ぬす》んでないんでご安心を。実をいうと大きさが合わなかったのよねえ。あ、これは自前のとっておきなんだけど」

語尾《ごび》にハートマークでも付けそうな口調で、ヨザックは襟《えり》を開いてフリンに胸を見せた。繊《せん》細《さい》なデザインの下着使用中……に、任務用、任務用。とはいえ立派なセクハラだ。

「あなたのお友達には変態が多いのねっ」

「そんなのあんたに関係ないだろ。ヨザックはちょっとアレだ、特殊な例だよ。他に誰《だれ》が」

「アーダルベルトとかって男も。それにナイジェル・ワイズ・マキシーンもっ」

どちらも友人とは言い難《がた》い。が、もう他の誰も紹介できない気がしてきた。

「ダンナの友人関係が気にくわない、若い奥さんみたいだよね」

「またロビンソンも、誤解を生むような茶々を入れんなよッ」

ずっと前方では囚人達が、脅《おど》され歩かされていた。武装小シマロン兵を数えれば三百人以上の大集団だから、おれたちのいる最後尾《さいこうび》が出発するまで多少のタイムラグがある。すぐ近くにいた見張りが剣を抜《ぬ》き、五人がかりでおれたちを追い詰《つ》める。

「正直いってオレくらいの優男《やさおとこ》でも、まあ五人くらいなら突破《とっぱ》できないこともないけどね。どうしましょうか、平和主義の坊ちゃん。何でも言うことききますよ？」

優男は関係ないとしても、ヨザックの腕は心強い。しかし如何《いかん》せんこちらには、彼しか喧嘩《けんか》上等がいないのだ。他に戦力になりそうなのは……羊の皮を被《かぶ》った狼《おおかみ》か。

横目で土手の上を盗み見る。指揮官らしき数人は、頑丈《がんじょう》そうな馬に乗っていた。

「あの馬をいただくには、どうしたらいいかな……」

「うーん、やっぱり馬刺《ばさし》かなぁ」

だから村田、食用じゃなくて。

「一体どこに連れて行くつもりなのかしら……ケイプの施設《しせつ》じゃなかったの？」

事情通らしくヨザックが否定する。

「ああ、あそこは二年前に閉鎖《へいさ》されたぜ。端《はな》っから行き先が違ったってことさ」

囚人……というか戦時中に敵兵だった捕虜《ほりょ》を移送し、何をさせるつもりだろう。

10

午後をずっと歩き通し、長い行進の後に辿《たど》り着いたのは、低い柵《さく》に囲まれた円形の施設だった。曇《くも》っているので太陽の位置は見えないが、時刻は夕方に近づいている。入り口脇《わき》の歌碑《かひ》らしき石には、かなり角張った難しい文字で短い詩が刻まれていた。

シマロンや　ああシマロンや　シマロンや。

……芭蕉《ばしよう》も遠くまで来たもんだ。

ヴァン・ダー・ヴィーアの闘技場《とうぎ》をスタジアムとすると、ここはファームの練習場くらいだ。面積的にはほとんど変わらないのだが、設備にかけている手間と金に大きな差がある。衆人環視《しゆうじんかんし》のスタジアムと違って、客席もなければゲートもない。敷地《しきち》内は殺伐《さつばつ》としたもので、乾燥《かんそう》して砂埃《すなぼこり》の舞《ま》うだだっ広いグラウンドだけだった。

表面に撒《ま》かれた粒《つぶ》の細かい土をどけると、すぐに硬《かた》い岩盤《がんばん》が姿を現した。おれは踵《かかと》で蹴《け》ってみてから、草アスリートとしての感想を言った。

「質悪いね、ほとんど岩だよ。こんな場所でスライディングの練習したら、恐《おそ》らく腹まで擦《す》りむいちゃう」

柵の隙間《すきま》には見物客が鈴《すず》なりだ。よほど面白《おもしろ》いイベントでもあるのだろうか。決闘《けっとう》ショーとかさせられたらどうしよう。嫌《いや》な記憶《きおく》が再生される。

囚人《しゅうじん》全員が場内に追い立てられると、隙間から人々のどよめきが聞こえた。どうやらここの来場者達は、娯楽《ごらく》や癒《いや》しを求めているのではなく、今から目の前で起こることを、息を詰めて見守るつもりらしい。

おれたちを待ち受けているのは、決して楽しいことじゃないってわけだ。

壁際《かべぎわ》には僧衣《そうい》を着た男達が等間隔《とうかんかく》に立っていた。フードを目深《まぶか》に引き下ろしているため、顔はまったく判《わか》らない。内外野すべてを見渡《みわた》す捕手の視力をもってしても、彼等の役目は不明だった。剣も槍《やり》も弓も持たずに突《つ》っ立っている。何か意味があるのだろうか。

「……ひょっとして球場のマスコットかな。マロンちゃんとかロマンちゃんとか」

「全員それぞれ役どころがあるんだとしたら、とんだ大所帯マスコットファミリーだねぇ」

両腕《りょううで》を自分の身体《からだ》に回し、フリンが寒さに震《ふる》えていた。せっかく日に焼けた頬《ほお》も青ざめて、かなり調子が悪そうだ。覗《のぞ》き込むおれに気がついて、彼女は無理に微笑《ほほえ》んだ。

「大丈夫《だいじょうぶ》よ」

「いや、無理もないって。おれもさっきから悪寒《おかん》がするし、頭が重くてたまんねーし」

実際、このグラウンドが見えてきた頃《ころ》から、頭の中で異様な音が響《ひび》いていた。耳鳴りともあの女性の声とも全く違う。脳の中で何万匹《びき》もの蜜蜂《みつばち》が、一斉《いっせい》に飛び回っているような騒音《そうおん》だ。

後頭部がひどく重く怠《だる》く、胸のむかつきが治まらない。

「風邪《かぜ》だよきっと。こんな場所早いとこ脱出《だっしゅつ》して、温かい風呂《ふろ》にでも入りたいよな」

「そうね」

寒空に薄《うす》い囚人服だとはいえ、必死で歩けば温かくなる。ところがおれたちは濡《ぬ》れた革《かわ》コートだ。風に当たれば当たるほど冷たく重くなり、体力と体温を同時に奪《うば》った。途中《とちゅう》で見かねたヨザックが三人の外套《がいとう》を脱《ぬ》がせたが、シャツどころか下着まで緑色に染まっていたので、たいした効果は得られなかった。特にフリンの場合は深刻だ。冷えは女性の大敵である。百人を超《こ》す集団の真ん中辺りにいるとはいえ、吹《ふ》きつける風をうまく避《さ》けることはできない。

「話したっけ?」

少しでも熱を分け合おうと、おれたちは一歩ずつ近づいた。間に入ったTぞうは、乾《かわ》ききっていなくても温かい。

「うちの城の大浴場。これがまた凄《すご》いんだ、プライベートバスなのにね。プールかよ!? ってくらいに広いんだわ。良かったら今度、湯治にきなよ。綺麗《きれい》な人もいっぱいいるから、もしかしたら美人の湯とかいうやつかも。ちょうどあのおっさん、壁際のね。あれっくらいの距離《きょり》があるんだよ。ほら、何だかブツブツ呟《つぶや》きだした奴《やつ》……」

脳味噌《のうみそ》の中の蜜蜂が、急に活動を盛《さか》んにした。少しふらつく。

「どうしたの大佐《たいさ》、ねえ、どうし……」

「渋谷っ」

「い、平気……ちょっと耳鳴り、と頭痛。今年の風邪、最悪だなぁ。インフルエンザじゃないってのに」

ヨザックが黙《だま》って肩《かた》を貸してくれた。こういうところはウェラー卿によく似ている。

囚人達の怒声《どせい》が大きくなり、逆に見物人は静まり返った。木製の簡単な扉《とびら》が開くと、黄色と薄い水色で彩《いろど》られた、紋章《もんしょう》つきの豪華《ごうか》な馬車が入ってきた。すぐ後に五、六人の騎兵《きへい》が続き、最後尾をゆく馬上には、覚えのある顔が見つかった。

小シマロン軍隊公式ヘアスタイルと公式ヒゲスタイル。痩《や》せて肉のない白い頬と、どちらかといえば細い一重《ひとえ》の目。そのせいか全体的な印象は、力強さや精悍《せいかん》さよりも鋭利《えいり》な凶器《きょうき》を思わせる。近づけば冷たい匂《にお》いさえ感じそうな男は、無駄《むだ》のない動作で馬を降り、我々の正面へと位置を決めた。おれの決めたあだ名は刈《か》り上げポニーテール、可愛《かわい》く略すと刈りポニだ。

ナイジェル・ワイズ・マキシーン。見開きの君こと小シマロン王サラレギーの忠実な飼い犬（フリン・ギルビット談）。

「……マキシーン……」

低く呟くフリンの声にも、緊張《きんちょう》の色は隠《かく》せない。なるほどアーダルベルトの言葉どおり、何階から落ちても死なないらしい。彼はマントを翻《ひるがえ》し、敬礼しかける部下達を手で制した。

「そのままで」

三十そこそこながら早くも枯《か》れた渋《しぶ》い声で、故意に抑《おさ》えてゆっくりと、威圧感《いあつかん》を与《あた》える話し方をする。

「さて諸君。まずは喜ばしい事実を伝えよう」

おれの耳鳴りはいっそう酷《ひど》くなる。

「知ってのとおり諸君等は、先の戦《いくさ》で我等小シマロンと敵対した者達だ。もしも魂《たましい》が軍人のままならば、虜囚《りょしゅう》と成り果てつつも生き延びる無惨《むざん》な我が身を、憂《うれ》えぬ日はないに違いない」

そんなことは余計なお世話だ。音と頭痛に苛《さいな》まれて、おれはかなり気が立っている。他の皆《みな》は大丈夫なのかと窺《うかが》っても、誰《だれ》一人悩《なや》まされている様子はない。おれだけなのか？

「ところで諸君、労働に従事する日々とはいえ、現在この小シマロンを始め、シマロン両国を宗主《そうしゅ》とする大陸全域が、魔族《まぞく》との聖戦に向けて一丸となっていることはお聞き及《およ》びだろう。その一翼《いちよく》を担《にな》う諸君にも、非常に関《かか》わりのある朗報がある」

ヨザックの見事な上腕《じょうわん》二頭筋が動いて、肩に力が加わった。演説者のもったいぶった物言いに、おれの膝《ひざ》が笑っていたらしい。

「長年探索《たんさく》し続けていたものを、ついに小シマロン王サラレギー陛下がお手にされたのだ。これは神からの授《さず》かり物だ！　我等人間に大いなる力をもたらし、虎視眈々《こしたんたん》と大陸を……いや全世界を支配し暗黒時代に突き進まんとする、邪悪《じゃあく》なる魔族を打ち倒《たお》す兵器である！　神の与え給《たも》うた聖なる力である！　これで我等による覇権《はけん》は約束され、この世が悪に満ちることも避けられるだろう」

　魔族が邪悪だと⁉　虎視眈々と世界の支配を狙《ねら》っているだと⁉　まったくもって事実無根な言い立てに、おれは腹の底が熱くなった。だがここでまた短気を起こせば、自分だけではなく皆に害を及ぼすのは確実だ。そこで冷静さを保つために、頭痛と耳鳴りを我慢《がまん》して空想羊を数えてみることにした。羊が一匹、羊が二匹……羊たちはしんと静まり返り、このばかげた演説に付き合っている。自分達を捕《と》らえ不当に扱《あつか》ってきた相手なのに、魔族が悪であると訴《うった》える件には、囚人達でさえ納得《なっとく》して聞き入っている。

　何でみんなそんなことを信じるんだ⁉　あんたたちは眞魔《しんま》国に行ったことがあるか。あんたたちは魔族の子供と話したことがあるか。あんたたちは魔族の王であるこのおれと、この世界の行く末について語り合ったことがあるか⁉

「残念だ」

　難しい顔をしていたムラケンが、誰《だれ》にともなくぽつりと呟いた。

「非常に残念だ。だが仕方ない」

「村田？」

「……これが現実だよ、渋谷。平和とか平等って難しいね」

「なんだよお前、なにいきなり……」

　友人は穏《おだ》やかで、でも諦《あきら》めに似た表情を浮《う》かべた。

「何度も何度も裏切られるよ。きっとこの先、何度もね。その度《たび》に血を流して傷付くんだ。寧《むし》ろ血を流すのは王じゃない。民はその数百倍、数万倍も打撃《だげき》を受ける。それを避けられるか避けられないかは、神様とか運の問題よりも、国を統《す》べる者の力量にかかってくる」

彼はとても頭がいいから、国際問題とか社会情勢にも精通しているのだろう。地球上の難しいことを言い出されても、おれには意味のない空返事しかできない。でももし、何も知らないはずの村田健が、マキシーンの熱弁と聞き入る観衆の様子を見て、この世界のことを尋《たず》ねているのなら……おれは心を明かす必要がある。心を見透かすように、彼が問いかけた。

「渋谷、きっと何度も傷つくよ。死にたくなるほど辛《つら》いだろう。慎重《しんちょう》に且《か》つ大胆《だいたん》に立ち回らなければ、実際に命を落とすかもしれない。大切なものを幾《いく》つも失って後悔《こうかい》でどうにかなってしまうかも。それを知ってもきみは、やるのかな。立ち止まらずにこのまま走り続けるのか？」

「……ああ」

いつの間にコンタクトを外したのか、振《ふ》り返る村田の両眼《りょうめ》は黒に戻《もど》っていた。なんだかすごく永い別れをしていた友人に、遠く離《はな》れた異国の地で会った気がした。

質問の答えは決まっている。村田も半ばそれを知っている。

「……そう、やるよ。辛いだろうけど」

失って傷ついて血を流して泣くだろうけど。

「やっぱりね」

下を向いて、乾いた土を軽く蹴《け》り、村田は小さく笑って顔を上げた。

「こうなると思った」

「いつからよ⁉　いつからこうなると思ってたっての？　だいたい村田いきなり何を言い出すんだよ？　つられてマジ返事しちゃったじゃん」

おれの動揺をよそに、村田は穏やかな口調で続けた。

「前にも一緒に旅をしたよね。乾いた土地を転々として。今と同じように誰かに追われてさ。渋谷は覚えてないだろうけど。ちょうどこんな曇《くも》った夕暮れだった。きみを連れた保護者はサボテンの脇《わき》の岩に寄り掛《か》かって、雲に隠れた太陽の位置を目で探した。いつまでも夕陽が差さないので、彼はきみを目より高く持ち上げて、西の空に掲《かか》げてこう言ったんだ」


『太陽となりますように』


「……僕の保護者はそれを聞いて大喜びでね、逆の方を向いて僕を掲げて言った。『月となりますように』って。いやまったく、彼のアニメ好きには困りもので、あの時もきっと昔のガンダムの……」

「ちょちょちょちょっと待て待て、待てお前っ……それはいったいいつの話⁉　年中訊《き》いてて悪いけどさ、村田、お前って本当は何歳？」

初めて答えが返される。

「なに言ってんだか。十六歳だよ……村田健は」

「最後の一節が非常に気になるんで……」

マキシーンが一際声を高くして、おれの中の蜜蜂《みつばち》が万単位で増殖《ぞうしょく》した。刈りポニの声に反応してるのか？　それとも他に何か原因があるのか。

「恐《おそ》らくね、恐らくだよ。あの辻坊主《つじぼうず》みたいに立ってる連中が、電波出してると思うんだ」

「で、電波？」

「じゃあ念波。それかテレパシーみたいなの。『どんと来い、超常現象』の上田教授によると、単なる小声の催眠術《さいみんじゅつ》。催眠術くらいなら僕も、どんと来いだけど、魔術《まじゅつ》とかオカルトはからっきしなんだよなあ、実は」

ナイジェル・ワイズ・マキシーンによるゲティスバーグ。シマロンのシマロンによるシマロンのための政府。そして力。

「そこでこの良き日、永遠の覇権を約束する大いなる力、『地の果て』が国家の財産となったこの素晴《すば》らしき日に、我等が慈悲《じひ》深き小シマロン国王サラレギー陛下は、諸君等に恩赦《おんしゃ》をお与えになる！　もう囚人《しゅうじん》である必要はないのだ！　敗残し、辱《はずかし》められてきた軍人としての魂も、これで名誉《めいよ》と尊厳を取り戻すことであろう」

「ギレン・ザビにでもなりたいのかな」

そういわれてもモデルが判《わか》らない。リンカーンとはどういう関係ですか。

恩赦と聞いて囚人達は活気づくが、逆に柵《さく》の向こうの見物人達は物悲しげな溜息《ためいき》をついた。

「だが、誇《ほこ》り高き戦士の魂が、そう容易に高められるとは思えない。しかし今まさに運のいいことに、頑健屈強《がんけんくっきょう》で勇気のある諸君等には、名誉回復に足るだけの要職がある。その中で存分に力を発揮して、我々の役に立って欲しい」

フリンが口元に手をやった。視線が馬車に吸い寄せられる。楽器のケースみたいな筒状《つつじょう》の物に続き、中から慎重に運び出されたのは、小型の棺桶《かんおけ》くらいの木箱だった。八方十二辺は錆《さ》びた鉄で縁取《ふちど》られ、湿気《しっけ》を吸ってぼろぼろに劣化《れっか》している。施《ほどこ》された彫刻《ちょうこく》も見えないほどだ。

「……なんで箱が、小シマロンに……」

「何？　フリン、あんたが言ってた『風の終わり』ってあれのことなのか!?」

「違《ちが》うよ」

これまで聞いたこともないような深刻な口調で、村田が苦々しく言った。

「あれは『地の果て』だ。『風の終わり』じゃない。この世界には決して触《ふ》れてはいけないものが四つある……そのうちの二つは……もう人間の手に落ちていたのか……」

「ああ？　でもおれが聞いた情報では、小さいほうじゃなくて大きいほうのシマロンがパンチラの箱を手に入れたって話だったぜ？　なんでここにもう一個の箱があるのさ。あれってそんなに簡単に、あっさり手に入るもんなの？」

「簡単じゃないわ」

フリンは親指の爪《つめ》でも噛《か》みたそうな表情だ。

「いくつもの国が競い合って、もう何十年も前から探していたのよ。急に発見されたわけじゃないの。でもこう立て続けに人の手に落ちるなんて……箱と鍵《かぎ》を持つのは大シマロンだけだと思っていたのに」

その言葉もマキシーンによってすぐにうち消された。

「幸いなことに箱を開く鍵も手に入った。あとは効果の絶大さを知らしめて、憎き魔族を恐怖のどん底に突き落とすだけだ。諸君、諸君等は勇気を持って大いなる力に抵抗《ていこう》し、いかな豪傑《ごうけつ》が挑《いど》もうとも、太刀《たち》打ちできる威力《いりょく》ではないことを、その身を以《もっ》て証明して欲しい。サラレギー様もお喜びになることだろう！」

「実験台にしようというの!?　私達を、お父様の育てた兵士達を!?」

悲鳴に近い叫《さけ》び声は、囚人達を突然《とつぜん》の不安に突き落とす。

そんな残酷《ざんこく》で非人道的なこと、アニシナさん以外は言えるわけがない。しかしマキシーンという小シマロンの人間は、必要とあればどんなスイッチでも押すだろう。惨《むご》いことになるのが判っていても。特に苦しみ悩《なや》んだり、笑《え》みを浮かべたりもせず、無感動なままの茶色い瞳《ひとみ》で。

騒然《そうぜん》とする生贄《いけにえ》達を前にして、ナイジェル・ワイズ・マキシーンは表情も変えずに言った。

「小シマロンのために、命を捧《ささ》げよ」

「ちょっと待てーっ！」

自分の短気な性格を治そうと、母親のすすめるハーブティーも飲んでみた。気が長くなるCDも聞いて寝《ね》たし、せめて爆発《ばくはつ》する前に心の中でテンカウントする練習もした。ところが実際に理不尽《りふじん》な場面に出くわすと、わずか三秒も待てやしない。蜜蜂の居所が無性《むしょう》に悪いおれは、ヨザックの手を振り切って集団の最前列へと踏《ふ》み出した。

「いい加減にしろよ、マキシーンさん！　黙《だま》って聞いてりゃ自国勝手なことばかり言いやがって。それが本当に本物の最悪の『箱』なら、絶対触れちゃ駄目《だめ》だって聞いてるはずだろ⁉」

男は僅《わず》かに首を傾《かたむ》けて、奇妙《きみょう》な動物でも眺《なが》めるような目をした。

「どこかでお会いしたと思えば……ギルビット家の客人だな。その節は非常に世話になった。記念の傷もまだよくは癒《い》えていない」

まあそりゃ申し訳なかったけどさ。それとこれとは話が別だ。

「おや、隣《となり》にいるのはギルビットの奥方様か？　いや、そんなはずはありませんな」

ぐっと言葉に詰《つ》まるフリンを後目《しりめ》に、刈《か》りポニは更《さら》に言葉を繋《つな》ぐ。特に勝ち誇った様子もなく、もちろん怒《いか》りに燃えてもいない。そういうところも苛々《いらいら》する。

「フリン・ギルビットは女だてらに夫に成り代わり、領地を治めていた勝ち気な貴婦人だった。仮面の下に隠《かく》していたとはいえ、素顔ももっと気高く美しかったよ。今目の前にいる薄汚《うすぎたな》い小娘《こむすめ》が、カロリアの奥方様のはずがなかろう」

「……私が誰《だれ》かは関係ないわ」

マキシーンの言葉とは裏腹に、おれには今が一番彼女らしく思えた。濡《ぬ》れて乱れたプラチナブロンドに、男物の質素な作業服。さらに緑色の川の水で、全身濡れて汚《よご》れていても。マスクを被《かぶ》って夫のふりをしていた時よりずっと、おれはフリン・ギルビットが好きだ。

「私がどう見えようとも気にしないわ！　けどマキシーン、戦争にもなっていないのに、軽々しく箱を開けるのはやめて。しかも人間相手に試《ため》そうなんて、そんな恐ろしいこと許せない」

「小娘に何の関係がある？　いや、百歩譲《ゆず》ってお前がカロリアの奥方だとしても、小シマロンのやり方に異を申し立てる権利はなかろう。なにせギルビットは宗主国を差し置いて、大シマロンと密通した土地だからな」

「それに関しては言い訳はしない。よかれと思ってしたことだから。けれどあなたも箱の危険さを承知しているのなら、罪もない見物人までいる場所で、迂闊《うかつ》に試すのはおやめなさい！」

「では、いち村娘の忠告を聞き入れて、見物客は退けさせよう。だが虜囚《りょしゅう》をこの任に就《つ》かせることに関しては、口出しされる筋合いはない。奴等《やつら》は我が国の囚人で、罪を犯《おか》すことで自らの権利を捨てたのだからな」

「あんたの国の人じゃないだろが！」

おれは性差別者じゃないけれど、女の子にばかり戦わせてちゃ駄目だ。

「本当にもう、あんたの国の凶悪《きょうあく》さときたら、理解できなくてやんなっちゃったよ、マキシーン！　いくら敵国の兵士だからって、終戦後にこんな目に遭《あ》わせるか⁉　あんたたちの考え方は普通《ふつう》じゃないよ。人権とか人道的扱《あつか》いとか全く無視かよ⁉　こんな実験付き合ってられないね！　とっとと帰らせてもらおうじゃないのっ」

「帰らせろ？」

刈りポニが濃茶《こいちゃ》のヒゲの中央で、薄《うす》い唇《くちびる》を僅かに歪《ゆが》めた。笑ったのだ。

「黒い髪《かみ》と黒い瞳、稀有《けう》な存在といわれる双黒《そうこく》の魔族が、何故《なぜ》ここにいるのかは判らぬが……それでは名も知らぬ魔族の方、先だってのような魔術を使って、この私を止めてみるがいい。あの恐《おそ》ろしい力を発揮すれば、この腕《うで》の一本を引きちぎるくらい、さぞや容易《たやす》いことだろう」

腕を。切り落とされて地面に落ちる左腕と、聞こえるはずのないウェラー卿《きょう》の謝罪の言葉。あの日あの瞬間《しゅんかん》がついさっきのことみたいに蘇《よみがえ》り、全身の血液が流れを速くする。鼓動《こどう》が倍になりそうだ。

ナイジェル・ワイズ・マキシーンは楽器ケースのような筒《つつ》を持ち、兵士の一人に中身を取り出させた。半分近くが焼け焦《こ》げて黒くなったものを、若い兵士が高々と掲《かか》げる。

「……このようにな」

おれは、それを、見た。

11

「渋谷、駄目だ！」

「陛下!?」

堪《こら》えようのない悲鳴が喉《のど》を過ぎる。

両手で耳を押さえ、目を見開いたまま転がった。湿気た服に砂埃《すなぼこり》をつけながら、土の上で何度ものたうち回った。頭が割れる鼓膜《こまく》が破れる眼球が焦《こ》げる！　酸素を求めて必死で口を開けるが、絞《しぼ》り出される悲鳴で吸い込めない。

「どうしたの!?　どうしたの大佐《たいさ》!?」

抱《だ》き止めようとするフリンを突き飛ばす。ヨザックに背後から羽交《はが》い締《じ》めにされても、残された足で宙を蹴《け》る。離《はな》せ痛いんだ痛いんだ痛いんだ痛いんだ、頭が壊《こわ》れそうに痛いんだ！

「渋谷、落ち着け、落ち着くんだ。苦痛は魔術を使おうとしてるからだ。自分でコントロールするんだよ。できるだろ？　ゆっくり怒りを静めて、成敗《せいばい》しようとする刃《は》を収めるんだ。ほら、呼吸も普通にできる。耳も聞こえるしどこも焼けてないだろ？」

キーボードばっかり叩《たた》いているだろう村田の指が、おれの熱くなった頬《ほお》に触れた。痛みと呼吸困難で涙《なみだ》がでる。

「ここでは魔術《まじゅつ》を使えないよ。ただでさえ魔族に従う者がいないのに、その上あの並んでる坊《ぼう》さんたちが、この場所をシールドしてるんだ」

「……くっ」

「お前の好きなドーム球場みたいにね……何を泣き笑ってるんだよ」

「……お前が、成敗なんて、いうからさ……」

「だって渋谷、好きだろ成敗するの」

「村田、お前って、ほんとは何者？」

「なに言ってんだよ、中二中三と同じクラスだったろ」

やっとまともに呼吸ができるようになった。自分一人では立てそうにないが、涎《よだれ》を拭《ふ》くくらいの余裕《よゆう》はある。頭はまだ割れるように痛い。眉間《みけん》に太い釘《くぎ》を刺《さ》し、それをハンマーで叩き込まれていくようだ。

「……くそ、痛ェ……っあれ、刈りポニの持ってるあれな」

「うん？」村田は視線を上げた。

おれは霞《かす》む目でマキシーンを睨《にら》み付ける。だが向こうは、たった一度の小さな魔術で、のたうち回っている小物など相手にしない。

「……あれはコンラッドの左腕だ」

また脳に血液が集まりそうになり、顎《あご》を上げて瀕死《ひんし》の金魚みたいに喘《あえ》いだ。息だ、息をしっかりしないと。

「なんだって⁉　本国じゃ一体なにが起こってんだ⁉　うちの隊長の腕ってどういうこった⁉　坊《ぼっ》ちゃんの見間違《みまちが》いじゃ……」

ヨザックが後ろからおれを覗《のぞ》き込む。うまく答えてあげたいが、そんな能力は自分にない。

「間違いないよ……コンラッドの腕だ。おれが間違えるわけがない。あの腕に何度も守ってもらったんだ、あの腕で何度も……」

「待ってちょうだい、コンラッドってウェラー卿コンラートのこと？　ダンヒーリー・ウェラーの息子でしょう？　その人の腕が何故こんな所にあるの⁉　その鍵《かぎ》こそウィンコットの毒で操《あやつ》れるように、大シマロンの弓兵が射たはずよ？」

「撃《う》たれたのはコンラッドじゃなくて、ギュンターだぞ……じゃあれはおれたち三人のうち、コンラッドを狙《ねら》った矢だったのか！　けど……」

「まさか……腕を切り落としたら意味がないわ……まさかそんな……」

その間にも、マキシーンと小シマロンの若い兵士は、朽《く》ち果てそうな木製の箱の蓋《ふた》を持ち上げた。中がどうなっているのかは知らないが、それだけでは何も溢《あふ》れ出さなかった。

「やめて、その箱の鍵じゃないわ！」

「なんだと？」

「ある男の左腕は『風の終わり』の鍵よ！　『地の果て』の鍵はある血族の左眼と聞いた。異なる鍵で箱を開ければ、誰《だれ》にも暴走を止められないわ」

「サラレギー様がお試しにならないと思うか。該当《がいとう》する者の左眼球は、すでにスヴェレラで試みたのだ。だが、男の顔が焼けただけで、何の変化も起こりはしなかった。つまり、この箱の鍵は左目ではないということ。ならば大シマロンが試そうというこちらの鍵を、先に試させていただくのみだ」

村田が叫《さけ》んで走りだす。

「やめろ！　迂闊に奴を解放したら取り返しがつかなくなる！　この場にいる人間が死ぬだけじゃ済まない、下手したら国中、大陸中、箱の脅威《きょうい》でズタズタにされるぞっ!?　大陸中が混乱する、世界中に影響《えいきょう》がでる！　あれは人間がコントロールできるものじゃない、鍵を身体《からだ》に持つ者だけが、封《ふう》じた創主を再び治められるんだ！」

「ふん、魔術を封じられた魔族の副官か。私はサラレギー様の命を行うだけ。結果は誰にも判らんよ……それに……」

服の色も、肘《ひじ》の形も、確かにコンラッドの腕だった。グラブを付けたあの腕を覚えてる。胸の前でボールをキャッチしたときの、肘の曲がり方を覚えてる。

マキシーンは「鍵」を「箱」に横たえ、兵士に念入りに位置を確かめさせる。焼け焦げたコンラッドの腕を入れたままで、朽ちた木箱の蓋《ふた》を閉めた。厳密には鍵で「開けた」のではなく、内部のどこかにはめこんだのか？

「……世界中が混乱するのなら、斯程《かほど》楽しいことはあるまい」

掛金《かけがね》の落ちる金属音に、フリンが膝《ひざ》からくずおれた。

「あの鍵は……違うのよ……」

「座り込んでる暇《ひま》はないぞ！」

脱力《だつりょく》した彼女の腕を取り、村田がおれとヨザックにも声をかける。

「早く！　とにかくどこか少しでも地盤《じばん》の固いところへ。今更遅《いまさらおそ》いかもしれないけど」

Tぞうが顔をきっと南に向けて、鼻の上の和毛《にこげ》を逆立たせた。遠くから微《かす》かに地響《じひび》きが伝わり、あっという間に足の下まで奴等が来る。柵《さく》の外で見物していた客の中から、年老いた女の悲鳴が最初に聞こえた。

それが、悪夢の始まりだった。

すぐに叫びは複数になり、皆《みな》が行き場を失って逃《に》げ惑《まど》う。

真《ま》っ直《す》ぐ南から北に向かって、地割れと隆起《りゅうき》が不規則に起こっていた。法術士の作った壁《かべ》など役に立たない。柵の内側へもすぐに地割れが広がった。震度《しんど》5くらいの揺《ゆ》れの中で、地割れに飲み込まれないよう逃げ回るのが精一杯《せいいっぱい》だ。

「村田、フリン！」

信じられない光景だ。何が起こっているのか判断する余裕もない。

ヨザックに助けてもらいながら、おれは二人を必死で呼んだ。羊だけは人間より優《すぐ》れた跳躍《ちょうやく》力を生かし、常にピタリとおれにくっついている。大きな地割れができるごとに、何人もが割れ目に吸い込まれた。兵士も囚人《しゅうじん》も関係ない。見物客も同じことだ。

「村田っ！」

飛び移ってきた友人の胸《むな》ぐらを掴《つか》み、震度に負けずに揺さぶった。

「お前が本当は何者かって、今は訊《き》いてる暇がないけどッ、なんとかしてこの地震《じしん》を止めないと！　なんとかして一人でも助けないとっ。お前ならどうすればいいか知ってんじゃないの⁉　どうしたら止まるか知ってんだろ⁉」

「……残念ながら僕にも判らない」

そんな。

「単なる法術士の起こした地震なら、そいつを倒《たお》せば止まるけどね。でもこれは箱を開けた報《むく》いだ。『地の果て』に封じられた地の創主の一部が、勝手に暴れ回ってるんだ」

「でも何か方法が」

「正しい鍵を身体に宿す者が、正しい手順を踏《ふ》んで開けたなら……箱の中身を制御《せいぎょ》できたかもしれない……あくまで、かもしれないって話だけどね」

「じゃあこのまま見てろってのか⁉」

村田は困ったようにおれの名前を口にした。

「このまま全員が飲み込まれるまで、指をくわえて見てろっていうのかよ⁉」

「どうしようもないよ。やり過ごすしかないんだ。運が良ければこの場所に飽《あ》きて、他の土地に向かうだろう。運が良ければ暴れ回ることにも飽きて、休火山みたいに鎮静化《ちんせいか》するかもしれない。でも恐らくは半永久的に破壊を続ける。そうなったらこの大陸はもう駄目《だめ》だ」

すぐ足下《あしもと》に細かい罅《ひび》が走った。また隆起の少ない所まで引く。皆がそこを目指して逃げるので、安全な場所はすぐに人でいっぱいになる。

「……何かできることがあるはずなんだ。完全に止められなくてもいい、少しでも被害《ひがい》を小さくできれば……」

すぐ左でフリンが息をのみ、危険な場所へ走りだした。揺れて今にも崩《くず》れそうな場所に、子供が四、五人取り残されている。おれも行こうと数歩踏みだすが、ヨザックに肩《かた》を摑まれた。

「陛下は駄目だ」

「なんでだよっ、また王様だからとかごたごた言うつもりか⁉　フリン一人じゃ助けられないだろ⁉　周りの連中も誰も行かないだろッ⁉」

「だからオレがちゃんとやってきますから、陛下と猊下《げいか》は安全な場所にいてください！　でないとオレが三兄弟に殺されちまう」

おれと村田を人々の中に残したまま、長い脚《あし》で何ヵ所もの地割れを飛び越《こ》して、彼は子供の元まで移動した。両脇《りょうわき》に一人ずつ抱《かか》え、残る一人に背中を向ける。フリンは大きい子二人と手を繋《つな》ぎ、泣くのを宥《なだ》めて歩かせようとする。

その時、一段と大きな揺れが来た。

誰一人まともに立っていられずに、不安定な地面にしがみつく。

「危な……っ」

ヨザックは何とか持ちこたえるが、子供二人の手を引いたフリン・ギルビットは体勢を崩した。すぐ後ろまで地割れが迫《せま》っている。どうにかそこまで行き着こうと、細い罅を二回ほど飛び越えた。一か八かあと一歩進もうとした瞬間《しゅんかん》に、起きあがれない彼女と視線が絡《から》む。

だめ。

何が駄目なんだと訊きかける。フリンはもう一度おれに向かって、声にださずに来るなと言った。薄《うす》い緑の瞳《ひとみ》を少し細めて、微かに首を横に振《ふ》る。その背後に土色の波が盛り上がり、乾《かわ》いた大地が大きく裂《さ》けた。

「フリン!」

さっきと同じ痛みに襲《おそ》われる。両手と両膝をついて土に這《は》い、気を失いそうな激痛を引き留める。この痛みをあっさり逃《のが》してはいけない。これを手放せば彼女を救えない。

「渋谷、人間の土地で、しかもこんな法術士が山程《やまほど》いる場所で、強い魔術《まじゅつ》なんか無理だって」

「放っといてくれっ」

知らず知らずみっともない悲鳴を上げている。他の避難《ひなん》者はぎょっとしておれから離《はな》れた。

村田はおれの背中を軽くさすっている。本当に吐《は》きそうだ。

「危険すぎる、それが原因で亡《な》くなる人もいるんだ。絶対に許すわけには……」

「許すってなんだよ⁉」

真ん中辺りで手が止まった。

「許すってなんだよ、おれはお前が誰だかも知らないのに、許すとか許さないとかってどういうことだよ⁉　自分の使いたいときに……今みたいなときに使えないなら、こんな力持ってるだけ無駄だ！」

「……どうするつもりなんだ？」

「うまく言えない。でも、必ず今よりもましにする」

長い諦《あきら》めの溜息《ためいき》が聞こえた。ここのところ陽気だった彼らしくない。だが、すぐに張りのある声に戻《もど》って、村田はおれの肩を摑んだ。

「自分自身がどうなっても、後悔《こうかい》しないんだな？」

「しない」

「……わかった。じゃあ思う存分やればいい。こうなったら何もかも見届けるよ」

フリンと子供は上半身だけ地上に残り、もうほんのひと揺れで地下の底に消えてしまうだろう。他にも何人もが落ちかけている。何百人もが奈落《ならく》に落ちてゆく。

一度目と同じくらいの規模の地響きが、遠く南から駆《か》けてくる。

急がないと。今のままでこの揺れに襲われたら小さな岩盤《がんばん》に取り残されたり、地割れの縁《ふち》にぶら下がってる多くの人々が、一斉《いっせい》に地獄《じごく》に落ちることになる。

トランス状態に入ってもいいくらいに感情は高ぶっているのだが、これまでずっと導いてくれていたあの声は、今日に限って一言も囁《ささや》いてくれない。ふと、肩を掴む村田の手を意識しかけて、おれは静かに自分に言いきかせた。

考えろ、おれは誰かに助けて欲しいのか？

それとも誰かを助けたいのか？

誰かの力を借りたいわけじゃない。自分でコントロールできるはず。

あまりの激痛に今度こそ吐きそうになるが、胃の中には食べ物の欠片《かけら》さえ残っていなかった。

耳の奥で、おれに喚《よ》ばれた者の音がする。地下から猛《もう》スピードで上がってくる。岩を砕《くだ》いて土を分けて、溝《みぞ》の全てを埋《う》め尽《つ》くす、力ある水が近づいてきた。

恐《おそ》れと諦めを超《こ》えろ。

信じて力を尽くせ。

不意に意識が遠くなり、まるで眠《ねむ》りに落ちる瞬間みたいに、身体《からだ》が深く深く沈《しず》み始める。

青く澄《す》んだ水は信じられないスピードで溜《た》まり、地割れに飲まれかけた人々を受け止めた。フリンと子供は水の上に落ちたが、なんとか向こうの地面にすがりつけた。比較的《ひかくてき》広く安定していて、途中《とちゅう》二、三本の罅を飛び越すだけで、村への道に合流できる。

多くの人間が流れに落ち、新しくできた川をゆっくりと漂流《ひょうりゅう》する羽目になった。流れが緩《ゆる》やかなのだけが救いだ。水中で持ちこたえる体力さえあれば、いずれどこかの岸に着けるだろう。

だが次に来た一際《ひときわ》大きい揺れは、クッション代わりに水を流し込む間も許さず、新しく最大の大地のクレバスを作りだす。

三秒前までは一センチ幅《はば》の溝だったのに、次の瞬間には両側が押し合って盛り上がり、巨大《きょだい》な崖《がけ》を持つ峡谷《きょうこく》みたいになる。

極度《きょくど》の疲労《ひろう》で怠《だる》いおれの身体が、ふっと一瞬《いっしゅん》軽くなった。落ちてる⁉　と気がつくより先に、腕《うで》が反応して崖っぷちにしがみついた。隣《となり》で背中をさすってくれていた友人が、いつの間にかどこにもいない。

「村田っ⁉」

余震《よしん》は治まる気配がなく、不定期に激しい揺れを送ってよこしては、地割れを越えようとしている人間達を脅《おびや》かした。水の溜まった場所は泳げばいいが、新しくできた溝は飛び越えるか、渡《わた》した綱《つな》を伝うしかない。ぶら下がっている者もどうにか這い上がろうと足掻《あが》くのだが、まるで狙《ねら》い澄ましたかのように、揺れに阻《はば》まれて上れない。

「村田ーっ、どこだーっ⁉　くそ、右手が痺《しび》れてきた……まさか落ちたんじゃないだろうな。おい勘弁《かんべん》してくれよ……村……」

「陛下ーっ！　ぼーっちゃーん！」

反対側の崖っぷちから、ヨザックの叫《さけ》ぶ声がする。両手の指を痺れさせたまま首だけそっと振り返ると、かなり離れた向こう側の崖でヨザックが村田健を引っ張り上げていた。良かった、奈落の底に墜落《ついらく》だけは避《さ》けられたようだ。

それにしても巨大なクレバスを作り上げたものだ。距離《きょり》にして二十メートルはある。

「陛下ーぁ、今すぐそっちに渡りますから、どうにか持ちこたえてくださいよ」

どうやって、と聞き返すより前に、余震がますます指を痺れさせる。ヨザックが叫んだ。

「大丈夫《だいじょうぶ》、おれは大丈夫だから。なあ、一つ頼《たの》みがあるんだけど」

「なんです？」

オレンジ色の髪《かみ》を振り乱し、こちらに渡ろうと奮闘《ふんとう》している。無理だ。走り幅跳《はばと》びにしたって距離がありすぎるし、三段跳びにするには足場がない。

「おれのことは自分で何とかするから、村田を安全なとこまで連れてってくれ！　村田とフリンを眞魔国《しんま》まで連れて帰って、おれが戻るまで客として守ってくれ」

だって村田はこの世界について素人《しろうと》で、未《いま》だに地球上と思いこんでいて、あいつを守れるのはおれだけ……だったはず。ちょっと事情が変わってきたけれど、やっぱりスターツアーズ責任者としては、傷一つ残さずご実家に帰すのが義務だ。

「陛下を残していくわけにいきませんよー」

「頼むよヨザック、お願いだ！　他に頼める奴《やつ》がいないんだ」

「そりゃもちろん、猊下《げいか》も大切ですよ⁉　けどねぇっ！」

何が大切なのか訊《き》こうにも、もう声を出す力がない。次に小さい揺れが来たらおれは間違《まちが》いなく落ちるだろう。もう既に指先の感覚はなく、気を抜《ぬ》いた途端《とたん》に左手が滑《すべ》る。腕一本が指三本になり、二本になって最後に中指が……。

肩《かた》が脱臼《だっきゅう》するかという衝撃《しょうげき》で、霞《かすみ》かけた意識を取り戻した。

白い指と見慣れた色の服の袖《そで》が、おれの右手首をがっちり摑《つか》んでいた。

「やっとつかまえた」

「……ヴォルフ……なんでここに……？」

フォンビーレフェルト卿《きょう》ヴォルフラムは、美しい顔を歪《ゆが》めながら苦笑《くしょう》していた。ふと彼の長兄の面影《おもかげ》を見て、こんな非常事態だというのに感心してしまう。

「お前は尻軽《しりがる》で浮気《うわき》者だからな、世界中どこでも追いかけられるように、こっそり発信器をつけてあるんだ。ほら、片手じゃ無理だ。両手で摑まれ」

「けど、お前の体重じゃ……おれを引き上げられないだろ。下手したらお前まで……！」

「そうしたら」

汗《あせ》で滑る右手首を両手で摑み、ヴォルフラムは苦み走った笑《え》みを見せた。

「一緒《いっしょ》に落ちてやる」

おれのいない間に何が起こったのか、今まで知らなかった表情だ。

「ぼくを信じろ」

彼の自信に気圧《けお》されて、宙ぶらりんだった左手も上に回す。華奢《きゃしゃ》で神経質でよくほえる子犬だった美少年は、全力でおれを引き上げて、勢い余って二人して背後に倒《たお》れ込んだ。慌《あわ》てて上から退《ど》こうとしたが、おれの袖か何かで擦《こす》ったらしく、頬《ほお》を少し擦《す》りむいている。

「ヴォルフ、血が……ごめん」

「謝らなくていい。当然のことだ」

早口でそれだけ言ってから、彼は同行者の姿を探し、きょろきょろと周囲を見回した。

「ギーゼラがこちら側に来ていてくれれば良かったんだが。運悪く向こうとこっちに別れてしまった。それよりユーリ！　お前はいったいどこで何をしていたんだ⁉　婚約《こんやく》者であるぼくを放り出して、勝手気ままな旅とはまったく許し難《がた》い！　しかも崖から落ちかけて自分一人では上れないなんて……魔王とは思えない軟弱《なんじゃく》さだ。これだからお前はへなちょこだというんだ。

……ユーリ？」

ここまで堪《こら》えてきたじゃないか。

「どうした？」

夜がきても、一人になっても、ヨザックと会っても。ここまで堪えてきたじゃないか。なのに何故、今になって耐《た》えられないんだ。会ってほんの数十秒しか経《た》っていないのに。

「ヴォルフ……コンラッドが……」

「知ってる」

恐らくすごい情けない顔をしていたのだろう。気に入らないほうの兄の話題を出されても怒《おこ》ることなく、ヴォルフラムはおれの肩に腕を回した。

「泣いていいぞ。ぼくも少しは取り乱したからな」

「死んでない。絶対に死んでないんだ、けど」

でも、今ここにも何処《どこ》にも彼はいない。ウェラー卿は戻《もど》ってこない。

「もう本気で泣けるだろう。ぼくもグリエもギーゼラもいる。そろそろ本気で泣けるはずだ」

「……畜生《ちくしょう》っ」

おれはすがりかける身体を無理やり離《はな》し、岩の断面で引っかけた傷を見せた。

「見てくれよこれ、肉が見えてる……こんなに血が出てるよ……しかもお前に掴まれて引っ張り上げられたとこ。こんな腫《は》れ上がって、熱もってる。手首捻挫《ねんざ》してるかもしんない。最悪、骨が折れてるかも。どうしよう、くそっ……痛い……痛ェって。めちゃめちゃ痛くて涙《なみだ》でるって……おれってどこまでバカなんだろ」

「お前は馬鹿《ばか》じゃない。愚《おろ》かなのはコンラートのほうだ」

なんでこんなことばかり言われなくてはならないのか。痛みが増すようなことばかりだ。声をあげて泣きたくなるようなことばかりだ。

「けれど愚かだと判《わか》っていても、そうしなければならない時がある。お前だってそうだろう？　いつもそうやってきたじゃないか」

「悪かったね、愚か者で」

ヴォルフラムの連れらしい男が一人、つまずきながら走ってきた。あの丸刈《まるが》り頭には覚えがある。ギュンター お抱《かか》えのダカスコスだ。

「陛下！　ああよかった、閣下もよくぞご無事で！」

「被害《ひがい》はどの辺りまで広がってる？」

おれの代わりにヴォルフが訊くと、ダカスコスは息を切らせながら、額の汗を袖で拭《ぬぐ》った。

「……もの凄《すご》いことになってますね。大陸縦断地割れとでも言うのか……南端《なんたん》のカロリア近辺が震源地だったらしく、ギルビット商港なんか壊滅《かいめつ》状態らしいですよ」

「カロリアが!?　ギルビット港が!?」

ダカスコスは気の毒そうに眉を下げた。

「骨飛族《こつひぞく》によると、指導者が不在だとかで、この先の混乱は必至《ひっし》でしょう。どういう理由かは知りませんが、かなり深刻なことになるでしょうね」

カロリア自治区ギルビット商港では、老人達は昼間は荷を運び、夜には兵役《へいえき》に取られた子や孫の帰りを待つ。カロリアの民は本当は戦《いくさ》が嫌いなので、宗主国《そうしゅこく》への不満と不安を胸に、領主ノーマン・ギルビットの正しい判断を願っている。自分達を導《みちび》いてくれると信じている。なのに彼等の知らないところでノーマンは死に、跡を継いだフリンも今は打ちのめされ、打撃を受けた人々のために叫んではくれない。

がくつく膝に気合いを入れて、おれはヴォルフラムの隣に立ち上がった。

「……マスクがあれば誰でも王になれるのかな……」

「違う。王になれるのは、その資質《ししつ》のある者だけだ」

ヴォルフラムは事情も知らないはずなのに、おれの欲しい言葉を探し当てる。

「お前《ユーリ》には、それがある」

ノーマン・ギルビットの仮面を被《かぶ》る者は、もはやおれしか残されていない。

あとがき

ごきげんですか、喬林《たかばやし》です。

私は、ごきげんどころか……やさぐれています。やさぐれるってこういうことなのね、と人生新たな発見してしまうくらいやさぐれています。家でも毎日、やぐされています。ウィンタースポーツを見る気力もないほどやれさぐています。かなり壊《こわ》れてきています。悪夢だ。

日本シリーズ最速終了という衝撃的なことが起こった翌日、私に電話がありました。

GEG「あ、起きてましたか。あんなことのあった翌日になんですけどもー」

私「……もう名前にGのつく人とは話したくない」

GEG「ああ、じゃあいいですよコトウに改名しますから。コトウって呼んでいいですよ」

私「ああしかも『GEG』って数えてみたら、名前にGが二つもつくじゃないですか!?」

GEG「……あなたがつけた呼び名でしょう（怒）」……そうでした。

しかしもはやオレンジの物は何一つ使わないと心に決めた私。今年の冬はミカンも食さぬ決意です。チューハイはGレープフルーツじゃなくてLモン。怪獣《かいじゅう》はGメラよりもLギオンを愛し、新しく始まった（らしい）Gンダムも見ていないという徹底《てってい》ぶり。ファンとは概《がい》してそういうもので（はないで）すとも。よーし待ってろGアンツ！　来期は必ずリベンジだ！（あ、でもG松井《まつい》にはメジャーで頑張ってほしいな。密《ひそ》かに応援してたりして）と、こういう具合に色々ありますが、今年ももうすぐ終わりですね！……思えば駆《か》け抜《ぬ》けた一年でした。新刊新刊ザビ（ザ・ビーンズ）新刊イベントＣＤ新刊という形で、かなりハイスピードで突《つ》っ走《ぱし》らせていただけました。そこで来年は、㋮以外のことにもチャレンジしたいと思っています。とりあえず部屋の掃除《そうじ》とかワインづくりとかウクレレとか？

どうぞ２００３年もまた、喬林知を宜《よろ》しくお願いします。

屈辱《くつじょく》の四連敗から立ち直るために、あなたの言葉が必要なんです！（かなりマジ）

喬林　知

「いつか㋮のつく夕暮れに！」の感想をお寄せください。
おたよりのあて先
〒102-8078　東京都千代田区富士見2-13-3
角川書店アニメ・コミック事業部ビーンズ文庫編集部気付
「喬林　知」先生・「松本テマリ」先生
また、編集部へのご意見ご希望は、同じ住所で「ビーンズ文庫編集部」
までお寄せください。

いつか㋮のつく夕《ゆう》暮《ぐ》れに！

喬林《たかばやし》　知《とも》

角川ビーンズ文庫　BB4-7　　12779

平成15年1月1日　初版発行
平成16年10月30日　10版発行

発行者――井上伸一郎
発行所――株式会社角川書店
東京都千代田区富士見2-13-3
電話／編集（03）3238-8506
営業（03）3238-8521
〒102-8177　振替00130-9-195208
印刷所――暁印刷　製本所――千曲堂
装幀者――micro fish

ISBN4-04-445207-5 C0193 定価はカバーに明記してあります。